U0062381

出　品：新华先锋
主　编：徐静蕾
总　监：张翰文
版式设计：王晓珍
文字编辑：王卉
投稿邮箱：culturer@vip.sina.
　　　　　com
定　价：25.00元

图书在版编目（ＣＩＰ）数据

蕾绽放：开啦/徐静蕾主编. —北京：
新世界出版社，
2009.5
ISBN 978-7-5104-0261-6

Ⅰ.蕾…　Ⅱ.徐…　②姜．．．Ⅲ.文
学－作品综合集－中国－当代
Ⅳ.I217.1

中国版本图书馆ＣＩＰ数据核字
（２００９）第050740号

责任编辑：殷秀峰　张翰文
出版发行：新世界出版社
邮　编：７１００６２
印　刷：北京嘉业印刷厂
开　本：７８７×１０９２
　　　　　1/16
印　张：12
字　数：623千字
版　次：２００９年6月第１版
　　　　　２００９年6月第１次印刷
书　号：ISBN
　　　　　978-7-5104-0261-6

主编手记》》

如果说小时候还有过一个像点样子的梦想的话，办杂志算是一个。然而这是一个完全陌生的领域，和电影一样，仅是太多可以想象的事务性工作，想想就先颓了，多年也未再做过这个打算。经做IT的朋友指点，知道了电子杂志这个东西，于是，下决心一试。

找了很多我最为欣赏的创作者加盟，内容涉及时事历史时尚电影电视音乐书评小说连载，不含糊的说，目标有点远大，希望做成内容最丰富、最原创、最精良、发行量最大的刊物。

仔细想想，其实也谈不上远大，事在人为，现在就开始。

《开啦》 往开啦玩！

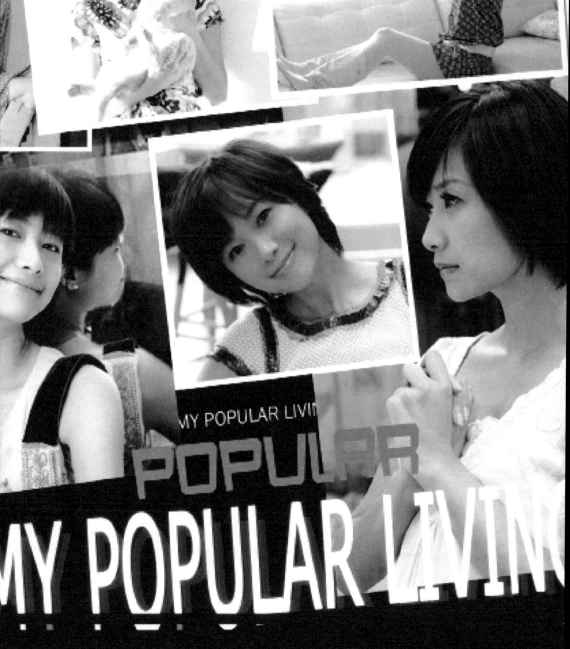

MY POPULAR LIVING

POPULAR

MY POPULAR LIVING

专栏

豪宅岁月 p124

大仙

蒙马特的一只高跟鞋 p86

卡米

女 p88

卡米

狮子是怎么想的

徐：你一年多长时间是在赛车？

韩：12到15个星期。

徐：今年和上海大众的合同就到期了，明年怎么打算的？

韩：没想好，去别的车队，也有可能留在现在的车队，看哪个车队能给我一台有竞争力的车。

徐：你觉得你会开到什么时候？

韩：开到感觉自己不行的时候。

徐：估计呢？

韩：我不知道。等到有年轻车手明显比我快的时候，因为现在顶尖车手都在一个水平线上，没有看到退役的征兆。

徐：你觉得你的成绩特别好是因为国内选手水平比较差，还是确实你实力比较强(笑)？

韩：确实我比较强（笑）。

徐：其实车的各方面性能在比赛当中起到很大的作用，那你觉得是因为车好，还是因为你开的好呢（笑）？

韩：一半一半吧，但是好的车手永远是在开好车。

徐：那我觉得技术含量好像没那么高啊？

韩：（笑）难以形容，我觉得下次在车手旁边再焊一个椅子，你跟着赛一次才能知道，这完全是跟街上开车不一样。平时大家都觉得自己开的很好，于是就有了赛车这项运动。

徐：赛车前要做什么心理准备吗？还是只要车一开出去你就自动进入那个状态？

韩：我比赛前经常要让人来叫醒我，因为有时候得等很长时间，我就回去躺着睡觉。对我来说，睡醒了睁开眼，第一秒钟就可以开，基本上就进入比赛的状态。

老徐会客厅

徐：你开车的时候，脑子里都想什么？还是一片空白？

韩：因为现在的车对我来说都是属于游刃有余的，所以还可以想别的事情，我的小说跟杂文好多都是这么构思出来的。

徐：瞎说八道（笑）。

韩：真的（笑）。

徐：那你能举个例子么，你哪个小说，哪个杂文是在开车的时候想的？

韩：挺多的（笑），我觉得博客里的大多数文章都是这么写出来的。

徐：是赛车的时候，还是平常开车啊？

韩：你为什么要问这个问题呢？

徐：为什么不能问？

韩：删掉吧，让我把牛逼吹完吧（笑）。其实是在平时开车的时候，但比赛的时候也会分神。

徐：你觉得分神对你影响大么，还是成了你自然的反应了。

韩：我经常分神。

徐：啊？比如你跑的最快那次，你分神了么？

韩：分了。

徐：那你在想什么？跟开车一点关系都没有的吗？

韩：对，完全没有关系的事情，其实这些对我来说已经太简单了。对我来说，我觉得是应该进入更高级别的时候了。

徐：你得不到第一名也无所谓吗？

韩：总是我的嘛。

徐：那一点都无所谓是吗？

韩：对啊，我觉得拿不了第一可以拿第二啊，拿不了第二，可以拿第三……

徐：你一开始就这样还是比赛多了才这样？

韩：应该是比赛多了吧，因为这些事情对我来说都过去了，不会再因为这些事情高兴和不高兴。

徐：你对人也是这样吗？过去了就过去了？（开始八卦）

9

韩：这倒不是，过去了就过去了，对男人是这样的。

徐：那为什么对女人又不一样呢？

韩：因为性别不一样嘛。

徐：为什么呢？你觉得女人是弱者是需要保护的？

韩：需要指引。

徐：需要指引？那你指引一下我。

韩：但是现在的女孩子已经越来越难指引啦。

徐：这么理解对吗——你对车和对男的是一样的，对女的是不一样的？

韩：对。

徐：那会不会因为这个生活里有很多麻烦事呢？你是那种别人不跟你分手你就不会分手的人吗？

韩：对。

徐：那你是怎么过的呢（继续八卦）？

韩：那得说到太阳下山（笑）。

徐：那大概说一下也行……

韩：好，我开始打开自己。

徐：这是你说的啊，你说我问什么你就回答什么，你不用具体的指什么，就说一下意思就可以。

韩：比如一个女孩子跟了我很长时间，帮我做一些事情，那我就得对她负责啊。

徐：那有没有那种不让你负责的人呢。

韩：关键是有时候不想让我负责，我还非得要负责。

徐：那你不是耽误人家吗？

韩：是啊是啊，而且还苦了自己。

徐：你觉得你这个想法是被教育出来的，还是你小时候看了什么书或者什么歌听多了？ 总有点什么原因吧？

韩：我就觉得在某些事情上面还是封建社会好。

徐：为什么呢？你为什么会这么想，总会受到什么东西影响吧？

韩：也没什么影响，我就根据自己的实际情况出发，我觉得封建思想里有的也挺好的。

徐：比如？你觉得封建思想里什么是好的？

韩：再聊下去，我就会像南都的副主编一样（笑）。

徐：我特别不喜欢比赛，因为不喜欢分谁是第一谁是第二，好像第二第三就怎么着了似的。

韩：一般排在后面的人都这么想（笑）。

徐：（笑）但我就是不喜欢大家都去争第一，好像第二比第一差了特别多似的，形式感特别强。

韩：其实就是这样。

徐：这有什么意思呢？

韩：有啊有啊。因为你需要胜利，你就是要战胜别人。对我来说，我只对女孩子说心里话，但是所有男的在我眼里，都是对手。

徐：为什么呢？

韩：我不知道，可能狮子也是这么想。

徐：但是女孩子就不会这么想，说明我们进化的比较好（笑）。

韩：对（笑）。

徐：我还是很好奇你这么想的缘由……

韩：关于一件事会有各种各样的观点，对我来说，七八种观点摆在我面前，我就挑一种自己觉得最爽的，这个就成为我的人生观。所以我的人生观是抄来的。我看报纸、杂志，不看书，因为我这个人很容易受影响。报纸、杂志，对我来说，都是资讯。就象开车，我不看别人怎么开车，因为我觉得自己已经开的够好。

习惯性拖延精神官能症

张嘉莹

我有句口头禅：火烧眉毛，且顾眼下。最近我又破了本人连续120天均为晚上十二点以后睡觉的纪录——算上今天，已是第128天，再这么发展下去，以后我可以不用睡觉了，直接当作早起，学日本青春励志片扶着阳台栏杆微笑着迎接日出，一双黑眼圈在朝阳下闪闪发亮，连买眼霜的钱都可以省掉，谁见过大熊猫需要涂眼霜么？

但就目前而言，我还没升级到这个境界，基本上我是要睡觉的，但电视和电脑屏幕必开其一，而且不换衣服不洗脸，能够睡着的要诀就是内心挣扎要不要起身去洗脸刷牙回房间睡觉直到挣扎累了，然后说不定醒过来一次，继续挣扎，直到再次睡着，末了天快亮了要上班了，我才带着残妆去洗脸，还被内衣勒得胸闷。

从早上起床开始，我基本上以赶上最后不迟到那班地铁为准，很不幸，总有个赶不上或者误点，那么乘地铁前和下地铁后需要步行的路程我势必跑得像条吠犬，碰到三十八度大热天，只恨不能把舌头伸出大半在外，以便随时散热。

至于家中有限由我做的家务：烧水吧，我通常一回家就赖在电脑前上网，听到水烧开了的声音明明能跑过去关掉电源也不想顺手去灌水，等一会儿水凉了只好等想用的时候再烧开，如此重复循环……

洗衣服吧，用洗衣粉一泡一大盆，号称泡的时间越长越好洗，一盆衣服泡过一夜乃至数夜是家常便饭，漫漫长夜，衣服长毛，旧的不去新的不来，新的穿完再泡……

交水电气费吧，这几年我几乎没有按时付过帐单，明明在家门口便利店就能完成的交费，非要拖到过期再过期，直到一张欠费停电通知贴到家门口才屁颠屁颠打个车到很远的指定营业厅交费……

最小超人的就是上上个月取了几千块准备去买新手机，但没人陪我去，我也没在网上选中什么型号，一直拖着没去，最后钱都买穿的买吃的花完了，眼瞅夏天夏天悄悄过去留下一个浪漫的我，洗澡时接电话滑了一跤竟把旧手机抛进马桶里去，捞起来接着用么？压心底压心底不能告诉你哟~

我拖我拖我拖拖拖，凡此种种，不胜枚举，所以严格说来我这不叫火烧眉毛，火烧眼睫毛还差不多够数，我妈形容我"早不忙，夜心慌，半夜起来补裤裆"，我也觉得很严重，一度以为是焦躁症并发老年痴呆早衰，直到瞧见方文山的一段采访，采访里方文山提到和周杰伦合作写词时经常习惯性的拖稿，拖到周杰伦抓狂为止，并用了一个词概括——"习惯性拖延精神官能症"！

习惯性拖延精神官能症？我喜的一拍大腿，说的不就是我这种长期屏住呼吸该干活不干活妄图妨碍地球公转自转的人么？原来还有如此专业的学名。

明日复明日，明日何其多？我生待明日，万事成蹉跎。

如果拖延是一种病，我相信我不是一个人在战斗。今天，你拖了么？♪A

诗人在春天

西闪

几天前参加了一场名为"诗人的春天"的中法诗会。在这个季节里，中法诗人们的相聚颇有意味。可惜的是，本由法国驻华使馆组织的诗会，却因承办方的问题，显得拖沓杂乱。诗会从下午一直延续到晚上，诗人的双语朗诵交流才正式开始。诗人尚未上台，承办商、赞助商、与会各机构对自己的长篇歌颂已让大家情绪低落。台下，何小竹轻声对我说："诗人就像这会场里的彩色气球。"法国请了本国演员来朗诵雅克·达拉斯的作品，而中国诗人自己上台朗诵则让主持人有些惭愧，他竟然说："希望我们的诗人以后也能请中国演员来朗诵。"搞得诗人们面面相觑。不等诗会结束，我们和柏桦就一起打车离开了。

不过那天的诗会也非毫无乐趣，大家权当是一次难得的大聚会，晒晒太阳，看看四周的花草，正在结实的樱桃。难得见到柏桦、韩东，更难得的是见到了小安。我一直认为，小安是中国最好的诗人之一，她的诗歌看似干净自在，却让人心隐隐作痛。上一次见到她，是三年前的白夜诗会。如今能坐在石榴树下一起喝茶聊天，当然高兴。说话间，小安吐了一个烟圈，扬了扬下颌，说："我们那儿的环境比这儿还舒服，"她仍在精神病院做护士，"病人们现在过得好哦，结果好像我才是病人。"大家都笑。

我记得小安只出过一本诗集，叫《种烟叶的女人》。那已是六年前。有一首诗《站高一些》是这样写的："你要做站在云上的那一个人/站在太阳和月亮之间/做最明亮的那一个人/你要做浑身爬满雨水的鸟/你说雨啊/落在我头上更多些/你要做一回松树/再做一回银杏/蚂蚁和鱼都在地上爬/你要做抓着花瓣的那一只手/你要彻底消磨一整天/做那个最懒散的人"。她对医院的描述让我想起洛威尔、普拉斯和塞克斯顿在麦克连

（McLean，《雅致的精神病院》）的故事。在我看来，自白派诗歌因为过分强调内心与现实的割裂，反而与现实发生强烈的胶着，有如沥青一般。而小安多了一份浑然不觉的轻松，不觉得内心与现实的割裂，也不觉得身份与身份之间的转换有多么困难，反倒使自己的诗进入更高妙的境界。遗憾的是，评论家往往出于理性上的懒惰，将小安置于"非非主义"的序列中进行讨论，这无疑是不公平的。当然，小安自己仍然浑然不觉，乐于处在这样的边缘。

由小安再想到这次诗会。本应是诗人的活动，为什么主角却另有其人？连自己上台朗诵也被人质疑？诗人为什么情愿处在任何事情的边缘？一时间得不出答案。

还记得当阳光西斜，茶水寡淡，有朋友去会场外买了些熟食卤肉回来。饥肠辘辘的诗人们围了过来，在春天。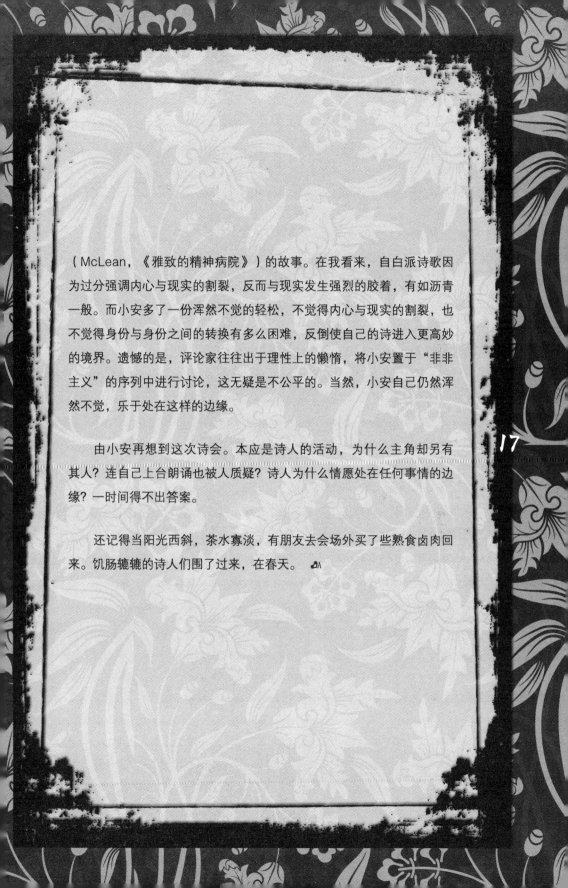

Fear AND
LOATHING
in LAS VEGAS

城事 午夜拉斯维加

文＿大仙

我世界上最喜欢去的国家就是美国。我知道我说完这句话，一帮爱国愤青肯定特烦，那就烦吧。美国我最喜欢去的就是拉斯维加斯，我喜欢叫"拉斯维加"，到家就为止了，别撕。在一个物质充盈、文化发达的和平年代，尽量别撕心裂肺活着。

　　米亚·法罗，每一个看过《尼罗河上的惨案》的人，都会记住她饰演的杰基———个莫测高深的冷血女人，刘广宁的配音完全吃准了这个冷艳枭雄的秉性，那是我们青春时代观赏恐怖绝杀片的经典，一提起米亚·法罗，我们就不寒而栗。

　　之后，米亚·法罗变成了《开罗的紫玫瑰》，然后便跟该片导演伍迪·艾伦有了一腿，而且是严重的一腿，属于领证的那种。《开罗的紫玫瑰》成立于1985年，时年米亚·法罗40岁，伍迪·艾伦50岁，于几度夕阳红中一拍即合。我们管伍迪·艾伦都叫无敌·艾伦，这个老干八蛋绝对跟罗曼·波兰斯基有一拼，都属于拈花惹草与志大才高并驾齐驱的旷世奇才。

　　那天，饭局上突然来了一做电影的80后妹妹，一问她叫什么？她说——叫艾伦，陆迪·艾伦。于是，满场男人全喝高，必须地！

　　我美国最喜欢去的地方就是拉斯维加斯——拉斯维加。我知道我说完这句话，一帮文化愤青肯定会说我没文化。什么叫没文化你们知道吗？没文化就是没事儿瞎问话，到处乱打听。诸如刘翔为啥突然退赛呢？姚明干嘛要跟金发女郎拥抱呢？你不就想有知情权吗？我就让你没知情权！你管着人家干嘛退赛、拥抱呢，那跟你有关吗？

　　不要把《午夜巴塞罗那》当成简单的"一箭三雕"，那就俗了，彻底俗了！要看到一种人性交叉点上的微妙、后工业文明的际遇、21世纪嘹亮的后现代主义情歌、情感台风席卷之下的个人情怀。这一切——必须由伍迪·艾伦指挥着哈维尔·巴登&佩内洛普·克鲁兹、斯嘉丽·约翰逊、里贝卡·霍尔来完成。

午夜巴塞罗那，让我想起我的午夜拉斯维加。1999年，我两度飞赴维加斯，在那里，没有日，只有夜。是黑夜的夜，不是欧夜的夜。我几乎没见过赌城拉斯维加斯的白日，我一进入内华达州，脑海中就回荡着《空中监狱》约翰·马尔科维奇与尼古拉斯·凯奇那句骇彻云霄的台词。尼古拉斯·凯奇：不行了，我们的飞机没办法降落；约翰·马尔科维奇：谁说的？我们就把飞机降落在拉斯维加斯的轮盘赌上！1995年，我在盗版"威吸弟"中看完这部片子，发誓必须登陆拉斯维加，就不"撕"了。

骰子一掷，永远离不开偶然！在法兰西象征派诗歌巨匠斯蒂芬·玛拉美那句名诗的忽悠之下，我长途奔袭，沿着北京——上海——东京——洛杉矶——直杀拉斯维加！今夜，拉斯维加米高梅大厅人声鼎沸，气势磅礴，我就像罗盘盯死了轮盘。服务员！在国内叫服务员，在国外要叫薇褪丝，反正我不喜欢叫人家姑娘危垂死，干嘛让人挣扎呀？有时英语也必须服从我北京的发音。我管长得有点儿像薇诺娜·赖德的薇褪丝要了一杯杰克丹尼，然后，紧盯轮盘上的单双。

我在拉斯维加的岁月，脑子里就是这么几个概念——单双、大小、红黑，其次才是男女和阴阳。以致有一天我从轮盘赌上撤下来，到户外换口空气，才发现那可不是一般的户外，是绚丽辉煌的维加斯之夜的良辰美景。

街头的异国美女真多，我立马从赌场错位到情场，人生不只有一种定式，对吧？我英语又不好，只能聊些简单的，诸如国籍、出生地、对方国家的名人以及星座血型啥的。我在午夜拉斯维加碰见居多的还是具有东欧气质的女孩，东欧咱熟，在西欧的对面，冷战时期我狂攻了一把华约和北约的地理，比如匈牙利首都为何叫布达佩斯？因为是左布达右佩斯。

维加斯的轮盘赌已经把我盘晕了，好在理智与情感还在，跟东欧妹妹聊着聊着，居然她们知道北京的秀水和雅宝路。其中有一个东欧妹妹叫索菲亚·米兰，我听着特耳熟，跟我以前认识的一个索菲亚·裸男貌似沾边儿。

拉斯维加著名的喷水池开始立起水柱了，准备像后来的水立方那样喷薄四溅。这是赌城夜间的一景，东欧妹妹兴奋了，要求我请喝啤酒。我虽然喜欢美国，但不喜欢他们的"百威"和"米乐"，可是也没别的啊，只好将就喝了。

午夜拉斯维加，跟那帮东欧妹妹喝着喝着我就觉得不对了，我还输着呢，怎么就请她们喝酒呢，咋就跟她们混上呢？不成，我得回去捞，趁她们没注意，我蔫溜了，一回到大厅，突然看见一帮日本北海道的大婶正跟老虎机较劲呢。我凑了过去，暗中观察哪个机子要爆，一会儿一个大婶烦了，不玩撤了，我赶紧续上，坚持了半个多小时，铃儿响叮当的乐曲在大厅奏响。

我赶紧出去找我的索菲亚·米兰，她正跟一个貌似以色列的鬼子打Kiss呢，以色列，果然以为自己好色特别烈，喂着人家没完。我伫立良久，就想看他们啥时停止Kiss？终于，他俩的嘴唇离开长出了一口气，索菲亚·米兰发现我了，兴奋得喊一声——索菲亚·大仙，一起Kiss吧！以色列男人还比较友好地跟我说：骚锐。我心想：你的骚够锐利的了。

于是，我又重回米高梅大堂，跟女服务员说——达波，杰克丹尼，不加爱死，NO爱死！气得我连人话都不会说了。 🐟A

城事 巴黎的刺青

文＿王超北

追溯巴黎的涂鸦，无法忽略两个先锋人物，一个是摄影大师 Brassai，另外一个是著名画家毕加索，前者出版的巨著《Graffiti》，视涂鸦为昙花一现的原始毛艺术，而后者却通过自己的艺术创作，让人们第一次将涂鸦认定成新形态艺术。

1968年5月，巴黎政治动乱暴发，街头巷尾的政治标语反动口号均以涂鸦的形式出现，当时这些涂鸦的始作俑者主要以愤青居多，他们的涂鸦既讲究尖酸幽默，又要蕴涵文学素养："Cachetoi，objet !(遮羞吧，不会思考的东西)"、"La poesie est dans le rue；La vie est ailleurs "（诗在街巷里，生活在别处）等等。涂鸦美学就是在这样一个动荡不安的乱世中应运而生。

70年代，巴黎地下公墓一度成为涂鸦作品的展览馆，越来越多的艺术家随意粘贴自己的画作，而后没过多久便被镂花模板喷漆技术所取代。而在这个时期也涌现了许多风格迥异的创作艺术家，比如 ERNEST PIGNON ERNEST的涂鸦海报，突出体现诗歌与人在城市的和谐性；Blek le rat 大力倡导推行Pochoiristes 喷漆派涂鸦画法；Gerard Zlotykamien 热衷于到处喷画有关于死亡为主旨的地下艺术；Jerome Mesnager 则在塞纳河岸涂抹了许多白色人物……

世界上第一幅涂鸦诞生于纽约的布鲁克林区，而纽约派的涂鸦风格是在80年代初期流入法国，并于1986年因媒体的意外报道被大众所熟识。至此，纽约派涂鸦和它所张扬的HIP POP街头文化正式在巴黎占有一席之地，成为久负盛名的画廊外艺术。巴黎的纽约派涂鸦主要集中在塞纳河岸，卢浮宫围栏，蓬皮杜中心，Stalingrad 和 La Chapelle 之间的开阔空地。

　　进入当代，和过去多是为了发泄不满情绪而创作的灵感不同，如今涂鸦注重技艺的高超和感情方式的表达。行走在巴黎的街头，目之所及的涂鸦大都充满了艺术美感和复古时尚气息，令人赞叹不已的是，许多涂鸦作品竟然出现在某些令民众始料未及的地方，例如高耸入云的大型建筑，密闭封死的铁轨桥侧面等，睹物思人，不难判断这些涂鸦的创作者也肯定是对生活满载无限梦幻之辈。

　　常有人把涂鸦称作穷街陋巷里的文艺复兴，但我却固执地认定，涂鸦就是巴黎身上的刺青，刺上一幅图案，留下一段记忆。

城事 **海牙的夏天**

文__王超北

　　个人一向不奉行走马观花式的观光，在我看来脚打后脑勺的游览简直就是暴殄天物，每个城市最美的风景一定不是在各种象征性的拍照留念中彰显，这也是我当时在荷兰迟迟不肯"出关"的原因。

　　偶然一日拜读了安藤忠雄笔下的海牙，我有了去一探究竟的冲动。

　　好天气是出门走走的最佳借口。下了火车不做半点停留，立刻换上电车直奔向往已久的Scheveningen海滩。海滩距离市中心只有10分钟的车程，听说这里原来只是一个独立的市镇，而后从渔港逐渐发展成现在的海滨旅游胜地。翻过一道高地，站在通向海边的入口定神眺望，碧海蓝天下波涛翻滚，大批海鸟乌鸦盘旋掠过，长百米的栈桥蔓延伸向海的中央，沿长3公里的海岸线挤满了密密麻麻的餐馆小酒吧。临海建造的19世纪宫殿建筑风格的五星级饭店KURHAUS和外形好似轮船的荷兰赌场Holland Casino，让海滩多了份气派，少了几许宁静的氛围。沙滩上巡逻车小心翼翼地避开满地的游人，有意思的是，亚洲人出了名的害怕被晒黑极力注重美白，而白种人则肆无忌惮的袒胸露乳，刻意晾在沙滩上被烤成古铜色。Okay，既然大家都这么放得开，我也不好再扭捏下去，"奔跑，咆哮，独自一人面朝大海欲哭无泪……"总之电影里曾在海边发生过的片段情节，任凭我恣意上演，至于旁人诧异的眼光，"come on，who cares！"

　　待精神状况稍微恢复正常后，便开始前往传说中的小人国——Madurodam缩微模型城。这个充满童趣的微型城市占地面积很小，却浓缩了荷兰境内最具有代表性的著名建筑和名胜古迹，包括：教堂、城堡、宫殿、运河、桥梁、港口、机场等。这些模型不仅造型逼真，其中的许多还能自动运转。根据宣传手册上的记载，马都拉夫妇为了缅怀在二战中英勇牺牲的儿子，而出资建造了这片栩栩如生的袖珍之城，也以此作为一份特别的礼物送给所有的荷兰儿童。

记忆中的Hollander

文＿王超北

　　著名的葡萄牙作家Ramalno Ortigao 曾这样描述十六世纪以前的荷兰："一半是海水，一半是陆地，中间是一堆烂泥"。荷兰人常年与海水进行着无休止的对抗，也正是在无数次的围海造田中，练就了荷兰人不拘一格的人格特性。

荷兰人待人接物习惯直来直往，他们会直言不讳地表达真实的想法和意见，不作任何修饰，一针见血。这一点不仅表现在家人朋友关系当中，职场上下级之间尤为明显。在公司里，职员无法赞同上司分配下来的某项工作，他会因为自己的迷惑而直截了当地拒绝上司的指派；公司内部开会时，秘书助理可以当众毫无顾忌地推翻顶头上司的决议。在荷兰人的思想观念里，保持缄默是针对不受欢迎的人，如果你被大家接纳并认可，他们必须要敞开胸怀以诚相待，与其虚伪的闪烁其词，他们宁愿接受忠言逆耳的指正与直谏。

在荷兰，上至女王总理，下至平民百姓，各行各业都以平常心看待自己。平日里仪态万千的荷兰女王日常生活中喜欢换上便装，骑上单车到皇宫附近的open-market 四处闲逛，翻开荷兰当地的报纸，经常会看到对滥用权势行为的报道，譬如某大银行的高层刚刚走马上任，便占据了为数不多的停车位；某议院主席在会议休息间隙享用的是手工甜点，而其他会议成员吃的则是盒装饼干……"be or think whatever you want, but don't boast of it ."许多荷兰人对此坚信不移。

缓缓从德国流入的莱茵河将荷兰拦腰区隔，同时也把荷兰人一分为二划成南北两个派别。南方人大部分是天主教徒，他们讲话彬彬有礼，生性喜好享乐，不会放过任何一个可以小题大做的节日；以信奉加尔文主义居多的北方人恰恰与南方人相反，他们为人严肃持重，崇尚简约向往宁静。作为广义上白皮肤蓝眼睛的欧罗巴后裔，荷兰人海拔普遍都很"珠穆朗玛"；当年我一中国同学就曾因自己太像哈比人而耿耿于怀了好一阵子。人都说"心宽体胖"，这话放在荷兰人身上异常吻合，明明是XL的身材偏偏硬是要挑战M甚至是S的尺码，看着那一水儿紧绷绷的荷兰人，你会不由自主地为这个民族的单纯而着迷。　♪A

在路上

文 __ LILIE

这样的旅途，我记住了怎样的风景，想起了谁。

卡塞尔的威廉高地像是精灵居住所在，尽管是冬天，依然色彩生动，泉水淙淙，走两步，我总会觉得会在那个小树林里看见一个穿着轻薄纱衣赤着双脚的精灵，拿着陶罐在溪边汲水。

亚琛，这个边境城市，有着一点点的冷寂和荒凉，在它跟荷兰的交界处走了一遭，那是一条并不繁华的街市，有的窗户挂德国国旗，有的挂荷兰国旗。即使是边境线，依然暧昧不清。往回走的时候手机里收到荷兰的短信息，欢迎我来到荷兰。

往美因茨的火车沿着莱茵河一路南下，美丽的古堡如同嵌在山林的珍珠，在晴朗的天气里闪烁着乳白色的淡淡光辉，水边黑瓦白墙的房子安静美好，让我想起家乡。火车拐弯的时候一道彩虹从彼岸斜过来，静静地立在水面之上。那里有一个小站，跟我们一节车厢的两个女孩背着行囊下去朝着彩虹的方向走去。喜欢这样的行走态度，没有旅行的行程，没有目的地，遇到美丽的风景，停下来。

在威士巴登住了三个晚上，记住了那里和善的人们，在路边研究方向的时候会有人过来问要不要帮忙，是不是有困难。

傍晚的时候在莱茵河边散步，鸽子在脚边觅食，小女孩喂食河边的野鸭，人和动物互相信任友好，在河里划着皮艇的年轻人热情地跟我们打招呼。晚上逛到一家意大利夫妇的冰淇淋店，他们家的冰淇淋是我吃过最美味的，包括那个妇人自己烤的蛋糕。喜欢那里人们的微笑。

在那里的第一个晚上感受到前所未有的孤单。张皇失措，不知道可以想念谁，谁允许我想念。走在街上想一个拥抱。不管是谁。

　　第二天Hans请我们吃饭，在他家里用南瓜、菜花、洋葱做的素食。吃完饭，他送我们回旅馆，我们都很饿，想办法把他支开，折回市中心买冰淇淋和匹萨。

　　他吃素，不喝酒，不抽烟，不吃任何不健康地食物，三个月吃一次鱼，自己种豆芽，自己烤面包。给我们喝的水是他用瓶子在山林里汲来的泉水，清凉甘甜。他每周去练咏春拳，空闲时上中文班，在火车上坐稳后就掏出他的笔记本让我们教他中文，一直到下火车，他会认真地说，谢谢老师。

　　他是一个神人。他喜欢上我的一个小记事本，上面是卡通熊猫。分别的时候他很伤心，真心地伤心，他说五月六月来看我们。

　　第三天他开车带我们去海德堡，半路发现五个人只有四个安全带，只得折回去换火车。海德堡，让人的心轻易就陷落。古老精美的建筑，砖石铺就的街道，广场上年轻的情侣旁若无人的接吻。内卡河安静地穿过这个城市，古老的桥沉默。山上的城堡经过几个世纪的风霜雪雨，遭遇了战乱和天灾，远远看去依然气势恢弘，沉着地俯瞰着整个城市。走近却是断壁残垣，昔日的辉煌只能在破损的卫士和神灵的雕像中寻找。

　　萨尔堡的正门前有许多已经干涸的古井，想象兵荒马乱的战乱的时期，在这里饮马修整的战士。如今这里多几分庄园的平和和宁静，阳光充沛，一群年少的孩子在门里门外快乐地奔跑。在这个曾经的杀戮之地。

　　法兰克福走得仓促，在美茵河边的长椅上晒太阳，看来来往往的
人，学生，情侣，推着婴儿车地年轻夫妇，恩爱的老夫妇……贪恋地不
舍离去，这是一个节奏欢快的城市，老城区饱含舒适的优雅，跟背后的
高楼形成一道奇特的景观。在老城区的街头遇到cos队伍，精致。　🖋

我和她/她/他……

文__LILIE

乱花迷眼，浅草正盛，初夏一直是我喜爱的季节。

五一的档儿去了一趟荷兰，让我一直念念不忘的是行驶在乡间的小路上，看一片片木栅栏围起来的草场里成群懒洋洋、花白的奶牛或者欢快活泼的小马，那里水草茂盛，云朵鼓荡，天空悠远，阳光灿烂. 时光是静止的。

其他，我不喜欢程序化的旅行。

我想说的是——其实，那天我心情不太好。

其实这段时间以来心情一直糟糕。

自从高中毕业之后我就不太习惯对别人表达我的情绪，心情不好的时候总是沉默。渐渐地，渐渐地，便忘了怎么倾诉. 或者是不肯，我一直都很倔强。

QQ、MSN都习惯了隐身，大家皆是如此，很少看见有人上线，每天跟小阳或拉拉唠唠嗑，随时可以开始，随时可以沉默。她们说想我，我会觉得很幸福。

蚊子五一又去了石家庄，这些陌生的城市，本来跟我们没有相干，只是因为在那里的人，所以来来回回三四十个小时的颠簸，她心甘情愿，爱情的旅途总是艰辛，她的辛苦常常让我不忍，所以总是希望他待她能好一点，再好一点。

晓笑一直很难过，我跟她打招呼，却不知道从何安慰。每天看她写的字，心里面会觉得难过。她是一个很少写字的女孩子，永远都是笑眯眯的。腼腆了笑，犯错了笑，生气了逗一下就会笑。

所以总是觉得，她这样的女孩子离幸福应该不远。爱情里面受伤总是难免，她曾经跟我说，或许我们仍会遇见爱情，可是心已经不再那么易动，不再那么容易被人伤到心了。

可我还是希望，我们的爱依旧可以天真。我想看着她一天天一天天好起来，不想再看见她伤心。她笑起来非常迷人。

和kee好久不曾联系，昨天收到他的消息。定了去向，心里很是为他高兴，却不知如何回复。

不知从什么时候开始，跟他说话必定要先斟词酌句，自己先是厌烦了。那些插科打诨的日子变得面目模糊。我跟他说的第一句话是上了大学后的短信，可是我们自从高考结束便再也不曾见过面。尽管每个假期，我们离得很近。

看着照片上的他日益沉稳，心里偶尔还是会怀念当初那个打电话到宿舍来弹吉他唱歌的男孩。

那个时候，未来正在我们面前徐徐铺展，似乎每一种可能都会在我们生命里发生，每一个人都会在下一个拐角处跟我们相遇，那是些年少轻狂的无知和骄傲，还不知道无奈是一件多么让人束手无策的事情。

有些人，我们说着再见，便总以为还能再见面．却不知道，在那些一挥手，一转身的刹那，便真的从此作别了．不是横亘在我们之间的山和水，不是汽车、火车、飞机，只是，再也没有这样的机缘了。

高中的群里面有人叫kangeroo，愣了半晌，意识到那是叫我，"袋鼠"是我高中用得最广泛的外号，隔了几年的时间，生疏了些却还是感到亲切。那天叫我的人是"眼镜蛇"，他的外号我始终记得很牢。前几天在群里看他神侃，找了女朋友买了车，日子过得很是幸福。突然就想起来高三的英语老师叫他的名字，匡——子磊。很帅的名字，对吧？

其实，高中我跟大家相处很少，班级活动很少参与，很多时候我似乎游离于集体之外，后来上了大学也是如此。小学，初中，高中，每次毕业，班上的纪念册满天飞，我却一次也没有写过。我总是固执地认为，记得的都会记得，忘记的也会忘记。但是，她们和他们，想起来我还是觉得温暖。

转眼，大学也要毕业了，那天穆穆跟我说拍毕业照了。他说拍照的时候突然很想我，很想一起去回民街吃烤肉。可是我却不知道，他欠我的那么多顿饭还能不能兑现。

我无所事事了一个多星期后心里面突然十分慌张和不安，看不清的未来，理还乱的现在。从上大学开始，我就跟我的爸妈说，你们等一等啊等一等，再过两年我就能养你们了，现在大学就要毕业，我还在跟他们说着同样的话。我不知道他们有没有失望，我只是对自己失望。或者说焦虑。

其实最近很幸福，只是大多数的时候觉得这幸福仿佛是踩着云朵跳舞，我暂时还没有找准重心。

等等，只要再等等…… ♪A

新版孔乙己

文＿不带入21世纪

"鲁镇电视台"的新闻节目组的格局，是和别处不同的：都是办公室中央一个曲尺形的大办公桌，柜里面预备着以《和谐社会XXX》、《感动XX》和《走进XX新时代》为标题的新闻稿件范本，可以随时GJM（GJM——新闻写作术语，取郭敬明事件之典故）。跑新闻的人，傍晚结束了采访，每每讨一张发票，取四十块钱红包（这是二十多年前的事，现在红包要涨到两百），回节目组，靠办公桌坐着，美美的GJM完稿子休息；倘有当日餐费、交通费发票，便可以报销了换百十元钱，晚上去洗浴中心了。如果是电视台聘用的正式合同工，也许还能领一袋由日用品组成的劳保，但这些记者，多是黑工，大抵没有这种待遇。只有合同工，才踱进办公室隔壁的财务室里，要毛巾要肥皂，慢慢地数钱。

　　我从十二岁起，便在"鲁镇电视台"的新闻节目组里实习，制片人说，样子太傻，怕侍候不了主编、社长，就在办公室里接电话吧。来电话的观众，虽然容易说话，但唠唠叨叨缠夹不清的也很不少。他们往往要抗议昨日播出的新闻又如何不实，再倾诉些耸动的悲惨遭遇，强迫你必须派记者去追踪调查，然后放心。在这严重监督下，敷衍也很为难。所以过了几天，制片人又说我干不了这事。幸亏荐头的情面大，辞退不得，便改为专管贴发票的一种无聊职务了。

　　我从此便整天的坐在办公桌旁，专管我的职务。虽然没有什么失职，但总觉得有些单调，有些无聊。制片人是一副凶脸孔，记者也没有好声气，教人活泼不得；只有孔乙己到节目组，才可以笑几声，所以至今还记得。

　　孔乙己是不GJM稿子而当记者的唯一的人。他身材很高大；青白脸色，皱纹间时常夹些伤痕；一部乱蓬蓬的花白的胡子。虽然是记者，可是又穷又衰，似乎十多年没有转正，也没有底薪。他对人说话，总是满口新闻术语，教人半懂不懂的。因为他姓孔，别人便从描红纸上的"上大人孔乙己"这半懂不懂的话里，替他取下一个绰号，叫做孔乙己。孔乙己一到节目组，所有写稿子的记者便都看着他笑，有的叫道，"孔乙己，你又两个月没完成工作量了！"他不回答，对秘书说，"交一份检查。"便排出几张稿纸。他们又故意的高声嚷道，"你一定又胡乱在发布会上提问了！"孔乙己睁大眼睛说，"你怎么这样凭空污人清白……""什么清白？我前天亲眼见你参加人家的新闻发布会，被轰出去。"孔乙己便涨红了脸，额上的青筋条条绽出，争辩道，"离席不能算被轰……离席！……新闻人的事，能算被轰么？"接连便是难懂的话，什么"质询类报道"，什么"新闻观"之类，引得众人都哄笑起来：节目组内外充满了快活的空气。

听人家背地里谈论，孔乙己原来也名校新闻专业毕业，但终于没有

被聘，又不会营生；于是愈过愈穷，弄到将要讨饭了。幸而懂得些采访技巧，便替一些"和谐"字头的电视台跑跑新闻，换一碗饭吃。可惜他又一样坏脾气，便是胡乱做负面报道。写不到几天，便有相关领导查办下来，让他写检查。如是几次，叫他跑新闻的电视台也快没有了。但他在我们节目组里，品行却比别人都好，就是从不报销洗浴中心发票；虽然间或没有完成工作量，暂时记在粉板上，但不出一月，定然还清，从粉板上拭去了孔乙己的名字。

孔乙己写完半篇稿子，涨红的脸色渐渐复了原，旁人便又问道，"孔乙己，你当真学过新闻么？"孔乙己看着问他的人，显出不屑置辩的神气。他们便接着说道，"你怎的连半个合同工也捞不到呢？"孔乙己立刻显出颓唐不安模样，脸上笼上了一层灰色，嘴里说些话；这回可是全是新闻术语之类，一些不懂了。在这时候，众人也都哄笑起来：节目组内外充满了快活的空气。

40

在这些时候，我可以附和着笑，制片人是决不责备的。而且制片人见了孔乙己，也每每这样问他，引人发笑。孔乙己自己知道不能和他们谈天，便只好向实习生说话。有一回对我说道，"你读过《新闻学基础教程》么？"我略略点一点头。他说，"读过《新闻学基础教程》，我便考你一考。新闻六要素，怎样说的？"我想，讨饭一样的人，也配考我么？便回过脸去，不再理会。孔乙己等了许久，很恳切的说道，"不能讲罢？我教给你，记着！这些要素应该记着。将来做制片人的时候，审片要用。"我暗想我和制片人的等级还很远呢，而且我们制片人也从不将新闻六要素当回事儿；又好笑，又不耐烦，懒懒地答他道，"谁要你教，不是时间、地点、人物、事件的起因、经过、结果么？"孔乙己显出极高兴的样子，将两个指头的长指甲敲着办公桌，点头说，"对呀对呀！新闻的结构有五个组成部分，你知道么？"我愈不耐烦了，努着嘴走远。孔乙己刚用指甲蘸了吐沫，想在办公桌上写字，见我毫不热心，便又叹一口气，显出极惋惜的样子。

有几回，隔壁记者听得笑声，也赶热闹，围住了孔乙己。他便给他们一人一张十元发票。记者要完发票，仍然不散，眼睛都望着孔乙己钱包。孔乙己着了慌，伸开五指将钱包罩住，弯腰下去说道，"不多了，我已经不多了。"直起身又看一看钱包内，自己摇头说，"不多不多！多乎哉？不多也。"于是这一群记者都在笑声里走散了。

孔乙己是这样的使人快活，可是没有他，别人也便这么过。

有一天，大约是中秋前的两三天，制片人正在慢慢地算工作量，取下粉板，忽然说，"孔乙己长久没有来了。还欠四个片子呢！"我才也觉得他的确长久没有来了。一个喝酒的人说道，"他怎么会来？他被清退了。"掌柜说，"哦！""他总仍旧是乱写。这一回，是自己发昏，竟写到馒头去了。馒头的事，写得的么？""后来怎么样？""怎么样？

先写检查，后来是停职审查，审查了大半夜，再清退。""后来呢？""后来清退了。""清退了怎样呢？""怎样？谁晓得？许是转行讨饭了。"制片人也不再问，仍然慢慢地算他的工作量。

中秋之后，秋风是一天凉比一天，看看将近初冬；我整天的靠着暖气，也须穿上棉袄了。一天的下半天，没有一个记者，我正合了眼坐着。忽然间听得一个声音，"交一份检查。"这声音虽然极低，却很耳熟。看时又全没有人。站起来向外一望，那孔乙己便在办公桌下对了门槛坐着。他脸上黑而且瘦，已经不成样子；穿一件破夹袄，盘着两腿，下面垫一个公文包，用草绳在肩上挂住；见了我，又说道，"交一份检查。"制片人也伸出头去，一面说，"孔乙己么？你还欠十九篇稿呢！"孔乙己很颓唐的仰面答道，"这……下回还清罢。这一回是检查，虚心深刻。"制片人仍然同平常一样，笑着对他说，"孔乙己，你又胡乱写了！"但他这回却不十分分辩，单说了一句"不要取笑！""取笑？要是不胡乱写，怎么会清退？"孔乙己低声说道，"暂停工作，暂，暂……"他的眼色，很像恳求制片人，不要再提。此时已经聚集了几个人，便和制片人都笑了。我拿了几元遣散费，端出去，放在门槛上。他从破衣袋里摸出检查，放在我手里，见他满手是血，原来他的检查还是血书。不一会，他数完遣散费，便又在旁人的说笑声中，慢慢走出去了。

自此以后，又长久没有看见孔乙己。到了年关，制片人取下粉板说，"孔乙己还欠四个片子呢！"到第二年的端午，又说"孔乙己还欠四个片子呢！"到中秋可是没有说，再到年关也没有看见他。

我到现在终于没有见——大约孔乙己的确转行去讨饭了。 ♪A

42

///本文是某非典型双鱼B理工直男在阅读《悲观主义的花朵》之后结合自己的情感经历，耗时48小时，耗神超过48小时，精心撰写的前瞻性论文。

悲观主义的花朵
pessimist's bouquet

廖一梅 著

悦读 文艺女青年使用指南

文__colin

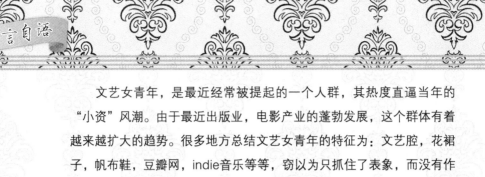

文艺女青年，是最近经常被提起的一个人群，其热度直逼当年的"小资"风潮。由于最近出版业，电影产业的蓬勃发展，这个群体有着越来越扩大的趋势。很多地方总结文艺女青年的特征为：文艺腔，花裙子，帆布鞋，豆瓣网，indie音乐等等，窃以为只抓住了表象，而没有作深入本质的分析，下面，为了帮助广大仰慕，喜爱，热爱文艺女青年的男性同胞有的放矢少走弯路，我们开始讲这门课——文艺女青年使用指南，先讲定义，再说定律，掌握了这些，你就会懂得如何稳准狠地拿下众多文艺女青年。

第一课：文艺女青年的定义

首先，我们要对文艺女青年做一个定义，这样才能把我们的研究对象从芸芸众生中分隔出来，做更深入的分析：

定义：我们一般把受到过比较好的教育，有相当人生经历，对于性爱和爱情有着相同并且很大兴趣的，非常关注一种叫"感觉"的东西，并时常能从恋爱，做爱，以及文学作品，电影，音乐欣赏和创作中找到这种东西的女青年，称为文艺女青年。

从定义中我们可以看出，文艺女青年首先是知识女青年，她们有着相对大众较好的知识累积，她们不用从事比较繁重的下层劳动，或者比较机械的重复工作，这决定了她们的思考性，她们决不是呆头呆脑的笨头鹅，但是，她们的思考方式和我们理科生，尤其是理科男性有着本质区别，这点我们在之后的讲解中会提到。

她们虽然外表可爱，有一些还会娇憨可人，或者是嗲声嗲气，但是她们的本质绝对不可能是不谙世事的小女孩的。也许单纯的生活是她们所追求的目标，但是她们的生活和思想状态绝对不能用单纯来形容，这也展现了文艺女青年的矛盾面，其实矛盾也是普遍存在于这类人之中的，她们一般会喜欢用"纠结"这个词来形容，这个问题在后面的研究中我们也会讨论到。

文艺女青年是爱情动物，她们中的一部分也是外貌协会成员或者是身体主义者，其实大部分的女青年也是爱情动物，在这里我主要是为了把这个群体和某些事业型女性和女强人区分开来，那些人是把工作和事业放到前面的。文艺女青年对于爱情和情爱的追求往往是纯粹的，没有任何附加条件的，这是一种脱离了低级趣味的爱情，虽然高尚，但是对于我们广大男性同胞，是一种更加难以把握的东西。

最后，我们要认识到，"感觉"是文艺女青年的本质属性，是她们文艺腔的来源，是她们追求在大众看来标新立异的生活方式的本因。虽然我不能清楚的描述出这种"感觉"，但是我们可以通过两个对比来说明如何分辨文艺女青年。首先，她们追求的感觉和物质化的拜金女不同，她们所要的感觉是自己的感觉，而非外界的评价或者肯定，拜金女追求的是物质上的和精神上的虚荣，文艺女青年的追求更多的是自己的自我表现，和一些文艺女青年群体中的认同，这种认同和自我实现比较起来又微乎其微。同样的通过这点我们也可以分辨真正的文艺女青年和附庸风雅的伪文艺女青年。

在这里还要补充一点，其实每个人都是多样化的，完全纯粹的文艺女青年是不存在的，但是带有这种气质的人在生活中还是很常见的，所以我们要活学活用，通过某些女人的外在表现来看穿她们的内心本质属性，以达到无往不利的境界。

45

练习题：

1.请指出下面列出的人物中的文艺女青年，并说明原因：

贞德，戴安娜，安妮宝贝，胡紫薇，张立宪，张悬，纳兰容若，李清照

2.请根据定义思考自己身边的人谁是文艺女青年。

第二课：文艺女青年的特征

在我们能成功的从人群中辨别出文艺女青年之后，我们还要更进一步的来了解一些她们的表象，来帮助我们在文艺女青年心目中建立起美好的想象，来达到我们不可告人的目的。首先我们来看一看文艺女青年平时的状态，很多人这样来形容她们：

1.她们不合时宜又紧跟时代；她们使人怜爱又令人望而却步。她们彼此惺惺相惜仿佛又自成一系。

2.她们怀着爱与恐惧，悲伤与希望，接纳与排斥，理性与感性漫步或狂奔于昼与夜、醒与梦之间的某个真实又神秘、边缘又大众、公开又隐秘的地带。一道迷离而清新的风景线。

3.她们懂得享受生活，却不懂得如何生活；她们憧憬浪漫伟大的爱情，身边却净是些性伙伴；她们外表所流露出的高傲，源于烂入骨髓的自卑；她们总是沉浸在自己的世界幻想，却又活得比谁都现实。

根据最近认识的某文艺小盆U的自白，她认为文艺女青年总是认为自己的人生经历一半明媚，一半忧伤，一面念念不忘所谓的昨日忧伤，一面还对未来幸福有憧憬。这些例子可以清楚地表明她们处于一种深深的自我矛盾之中，而她们的感性思考是不足以带她们走出这种思考的死

循环的，因为很多时候她们思考的假设就是虚无的，不成立的，那么得出的结果当然没有任何现实意义。她们把这种情绪，或者是"感觉"，叫做"纠结"，并且乐此不疲。

练习题：

利用生活中的实例说明文艺女青年的三大特征。

第三课：文艺女青年三大定律

文艺女青年第一定律（Artistic Female Youth First Law）：一切文艺女青年，总是保持纠结别人或自己纠结的状态，直到有外力迫使她改变她的文艺女青年属性为止。

这个定律可以简写为：纠结者恒纠结。这个定律也可以称为：纠结定律。

这个定律说明，纠结是她们的固有属性，所以我们绝对不能妄想去改变她们的纠结状态，就好像你我只能去认识自然规律，而不能去改变自然规律一样。认识到这个规律之后，我们要做的是，陪她们纠结，让她们更纠结。保持一种舍不得，放不开的距离，会让她们得到那种纠结的状态而文艺起来，或者暧昧之中营造一种"想要，你就说嘛，你不说我怎么知道你想要呢"的气氛，会达到两人纠结在一起的终极纠结。在这里我还要声明一点，前提是她们要愿意为你而纠结，如果你还没能成功捕获某文艺女青年的目光，那就洗洗睡吧，这帮女青年可是毁人不倦的。

很多人会认为这套使纠结者恒纠结的理论很混蛋，但是呢，追姑娘

就是要投其所好，正如你追的姑娘是喜欢成绩好的，你就不能每天拿把吉他去她楼下唱我只在乎你，而要天天带她去自习，顺便自己也得考个班级前几名的。如果你要追的姑娘是喜欢LV和Gucci的，你费尽心机送她一个一人来高的猩猩那就扯淡了。在这里，文艺女青年们喜欢的就是暧昧的浪漫或者是无奈的深情，所以，我们的战术是绝对没有任何的道德问题的。想当年李敖大师年轻的时候，写出那首《只爱一点点》。

"不爱那么多，只爱一点点，别人眉来又眼去，我只偷看你一眼。"其实那时候丫还在牢里蹲着呢，就靠这个搞定了知名文艺女青年胡茵梦。当然我们不用都跟李敖比才华，但是呢，我们要认识到用这样的手段是可以奏效的就可以了。

文艺女青年第二定律（Artistic Female Youth Second Law）：非lesbian的文艺女青年对于男人的兴趣要远远超出男人的想象，但是好感主要来源于她自己的想象，而非男人本身。

首先我们要注意到，文艺女青年是对男人有着强烈兴趣的，虽然很多时候她们对男人表现为高傲或者冷淡，那基本是她们自认为小众所决定的，其实她们的文艺表象是来源于她们对于爱情这种千百年来催生了无数伟大文学作品，近年来催生了无数流行歌曲，无数煽情韩剧，无数网络柔情小文的渴望。除去一小部分喜欢同性的文艺女青年，可以这样认为，对于男人和男人的爱情的渴望是她们的关键罩门所在。但是，我们男性也不要高兴的太早了，由于第一定律的普遍存在性，他们对于固定男人的好感判定非常的不确定，呈现经常性的无规律摆动，如果以她们对于某固定男性的感觉为y轴（好感为正，恶感为负），以时间为x轴（由于广义相对论，时间可以为负，但是我们只考虑时间为正的情况）建立坐标系，我们可以大概的得出，这图像根本不可能有规律可循，比较可能出现的情况是早上三变，晚上四变，是为朝三暮四。

48

认识到这点规律的实际意义是，不要被某些不热情，不奔放的文艺女青年的小众孤芳自赏的外表吓退，其实她们内心是充满对于男人的需求和向往的，正所谓："哪个女人不怀春，哪个男人不好色。"当然，她们是不会承认这一点的，她们只会承认的是对于纯粹爱情的向往。我们的处理方法是，yep, Whatever, Just do it!

文艺女青年第三定律（Artistic Female Youth Third Law）：文艺是相对的，女青年是绝对的。

很多人看到这的时候估计会发出这样的感想，这些特点不是一般女青年也会有么？其实是的，文艺只是表象，女青年才是本质。我们所追求的不也是女青年么，我们也不能抱着维纳斯雕像过一辈子啊。文艺只是一种爱好或者是生活方式，文艺只不过把女青年都具有的敏感，细腻，感性等等特性做了相对放大。所以，文艺女青年也是女青年，总有一天，她们会转变自己的属性，走向人生的另一个阶段——贤妻良母，或者是勾引小男生的怪阿姨，或者是成熟的事业女性。那时，当她们回首文艺的岁月，会把之前的一个个悲伤或快乐的感情故事总结为正确（错误）的时间遇到错误（正确）的人，我们男性也不要为自己的失败而懊恼，因为，我们至少在某个文艺女青年心中的某段鲜为人知的故事里永垂不朽了。

练习题：

利用对三大定律的理解，去追求一个严格意义上的文艺女青年，并撰写详细的实验报告和使用心得。 🎀

聊斋 强迫症

文＿粉扑

咱们也不用去翻字典，停顿三秒自己解释一下，强迫症就是……

柯南的飞盘

柯南是我家看门狗，边境牧羊犬，那可是在一百多种狗狗中，名列第一的聪明狗，看着它聪明的小豆眼，我总是情不自禁地问："柯南，你上辈子是什么啊？为什么这辈子当狗？是不是就是为了衬托我的蠢笨啊？"

柯南最擅长叼飞盘，每天早晚，柯南都牵着我急吼吼的出去，锻炼叼飞盘技艺。每当看到它四肢腾空漂亮的叼住飞盘，路人不管是甲乙丙丁，还是戊已庚辛壬圭，都会击节赞叹："这狗，真灵！"于是我面上很有光！

如此聪明伶俐的柯南，却因飞盘落下了强迫症：只要飞盘扔出去，它就去追。不管它在出恭还是在向女朋友献殷勤，只要飞盘飞了，它就奋不顾身的冲出去！柯南对它自己这个强迫症很是迷惑，因为它发现它控制不了自己。经常是叼到了飞盘，也感觉不爽，郁闷的放下飞盘，气得自己使劲喘气。

51

后来，柯南想出一个办法，飞盘在别人手里那么没谱，不该飞的时候也飞，还不如在自己嘴里比较安全。于是，只要玩够了，柯南就死死地看着它的飞盘，要么叼在嘴里，要么按在爪下，你抬起它左爪，它右爪"啪"地就按上了，总之不能让飞盘落入敌手。

从此，就有了一只出恭也叼着飞盘、东张西望的狗。

我的头发

我的头发有些自来卷，但卷得并不美，呈爆炸状，使得头的体积足足大了一倍。这种发质也叫做：沙发！不是那个家具沙发，而是散沙一样的头发的意思。我有要命的直发情结，对这头沙发下过不少心思，也按照美发师的建议，顺势而为，烫成卷发。但总是不喜欢自己的卷发造型，总是刚花好几百银子烫了，又花好几百银子拉直。

每次去收拾头发，我都要咨询自来卷问题，有个师傅说："一定要吹！一定不能湿着头发睡觉！否则越来越沙！"听着有理，细想不对啊，我跟直发美女同睡过，她可是洗了头发就上床了，第二天头发甩甩，美得跟洗发水广告一样。

还有师傅更有见地："沙发跟饮食有关！多喝水可以改善沙发！"我真希望这是真的！

我买过很多针对沙发的洗发水精华素，好贵哦，无奈它们都无法攻破我顽固头发的抗拒。于是，开始对自己的头发和头皮痛下狠手——离子烫！

后来，生了个孩子，一心想给她剪个妹妹头，结果她顶着一头小卷毛来了。带出去人家问："你给她烫头啦？"

我的直发强迫症不想遗传给她，所以我打算从小就开始夸："宝贝，你的小卷毛真好看啊！"

好在老天爷是公平的，一个师傅告诉我："自来卷要拉直，直发要烫卷，从来都是这样。"看来头发的强迫症是个广泛的问题。

孙同学的食欲

孙同学是一个淑女，1.60米的身高，45公斤体重。冬天的时候，看着她的小细腿，我心疼的问："就穿一条裤子，冷不冷啊？"她二话不说卷起裤腿，里面竟然穿着两条三保暖！

　　孙同学的口头禅就是："胖的不行了！"每每听她这么说，大家都凑过来，在她身上上下求索："哪呢？肉在哪儿呢？"

　　孙同学瘦到这个地步，完全是吃出来的——这么说要气死所有减肥的人了。孙同学胃口之好，是不声不响的。她才不像有的人，一上饭桌恨不得两手舞箸，塞的满口都是食物，快速咀嚼。孙同学永远都是先将筷子收在胸前，好像昆虫把腿收在胸前一样，惊喜地打量一遍每一道饭菜，然后将筷子伸向自己中意的那一道菜，夹上一片菜叶或者一根菜丝，细细的咀嚼、评价，同时眼睛寻找着另一道入她法眼的菜肴。

　　孙同学就这样优雅的、缓慢的、小口地进食，从第一个举起筷子开始吃，一直吃到最后一个放下筷子，然后揉揉自己的胃："哎呦，撑死我了！"

　　她这种吃法太有隐蔽性，所以所有人都会诧异的反问："你吃什么了就撑死了！"

　　后来，孙同学告诉我一个秘密：她每次去麦当劳，都要吃巨无霸——两个！再加一袋大号薯条，一个派、一份鸡翅、一大杯饮料！我惊讶的打量着她，这些东西摆起来，几乎跟她等身了，怎么可能都塞到她小小的胃里呢。然而她诚恳的告诉我：千真万确！

　　孙同学说，她算过账，每个月在超市购买两千多块钱的零食，然后不停的吃，一直吃到自己厌恶自己，觉得自己没出息。这个我太相信了，

因为她总是能告诉我哪种果丹皮好吃，总是能介绍很多新式零食给我。

孙同学如此胡吃海塞，人家一尺八的小腰从来没有变过，这不是气人嘛。但是孙同学早已痛下决心，改掉这个吃东西强迫症，做一个规范饮食的模范妇女。

其实啊，强迫症人人都有。我总结强迫症就是：明明没有什么理论基础的举动，就是控制不住自己要去做，一而再再而三，把自己弄得很恼火。正经说，强迫症应该是一种心理补偿举措，一定是心里觉得有什么亏欠，不由自主的找一个方式补偿自己，做的多了，就成了强迫症。我倒是觉得，强迫症有可爱的地方，人不轴一点，多没性格。　♫A

没有秘密的日子也要过下去

文__赛人

　　一个人把自己的秘密公布于众，原因只可能有两个，一是此人为典型的倾诉狂，二是此人的秘密根本不叫秘密。更多的人还是放在心里，烂在肚子里，了不起跟两三知己，借杯中物说上一段狂言来。到我这儿，我最深的秘密只能属于我自己，顺其自然地享受着自己，在极特殊的状况下，也会像鲁迅所说的：把自己的灵魂揪出来，拷问出个体无完肤来。所以，我只能说别人的秘密，在大多数情况下，我是个不错的倾听者，同时，口风甚紧。于是，我常担当垃圾桶的重责。那些不可有的害人之心，不该有的非分之想，以及司空见惯的生理结构里隐藏着的那些骇人听闻的与众不同，我都一一耳闻过。但大部分秘密都在一段内需要欲盖弥彰，物是人非后，当事人自己都觉得荒唐。好比学生时代，在教学楼里偷过试卷，又好比工作以后，查看过他人的工资条。时过境迁后说起这些来，也权当是个遥远的笑话了。

　　《蓝色大门》里青涩的快要溶化的桂纶镁和张士豪，在夜深人静时，也试着交换着秘密。张士豪说他小便时，尿液会分岔。他说的时候，还为这个不大不小的秘密而泛起了羞色。桂纶镁的秘密，比他要更耸人视听一些，她爱上了班上的女生。其实在青春散场后，这些秘密就像他们骑着单车，在明亮的阳光下，被微风拂过一样，成为可供念想的风景。我在高中时，一个总能自觉忘记我性别的女生，和我极为相熟。她爱上了一个沉默寡言的帅小伙子，她希望我能接近他，好探听到他内心深处真正的所思所想，我试着这么去了，但帅哥对我的态度就像对待其他人一样不冷不热。与我相熟的女生也不再勉为其难，情难自控的她在万般无奈下，竟私看他的日记。那个日记本，我们在昏暗的路灯下一起拜读过，我还记得那日记本非常女性化的被红色软缎包裹着。那上面说他倾慕着一个极成熟的女人，他详细地描写着那个少妇火一点就着，却像谜一样的身体。我记得我当时看着那些赤裸裸的文字时，脸红心热的厉害。而那位女生，肤色依旧白皙，只是她后来对这位帅哥丧失了兴

趣，还连带着我和她的关系也渐行渐远。

很多年过去了，我和这女生在一个陌生的城市里相遇。她已经离了两次婚，人显得越来越沉静，仿佛无欲无求的，在咖啡馆里与我相对而坐。这时，我们的共同话题，在一次次搅拌咖啡时，已变得稀薄起来。咖啡是不苦了，可一次次打捞起来的话题，也越来越味同嚼蜡。她提到了那个帅哥：你知道他喜欢的那个女人是谁吗？

我第一个做出推断的人群，是我们那些明显人老珠黄的各科女老师，那些漂亮的、风情的女性都不屑于在我们那个学校里做太阳底下最光辉的事业。那么是谁呢？

我的女同学给我的答案是：帅哥的姑妈。这姑妈是极宠他的，在他头晕脑胀地意欲求欢时，这妇人竟稀里糊涂地没有给他制造太多的羁绊。也就是说，让他得偿所愿了。

57

我问这女同学：你怎么知道的这么仔细。
她笑了笑：你以为我还和读书时那样，什么事都跟你说吗？

又过了很多年，我见到了这位帅哥。他这时已成为一个明目张胆的酒色之徒，他的话也比以前多了许多。老同学见面，自然要推杯换盏。我的好奇心借着酒精的催化，也发作起来，我拐弯抹角的问起他的家庭状况，问的特别碎。他觉得我很奇怪，但还是一五一十地告诉我了。他的爷爷奶奶、姥姥姥爷都相继去世，他的父亲身体也不好，他一直为这牵肠挂肚。他说他的父亲是独子，也就是说他没有什么姑妈。

听到这儿，我的酒醒了一大半。我要是再年轻一点，也许我会追问他，你在中学时，暗恋的女人是谁呀，但我没有这样去做。

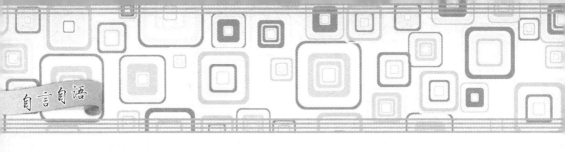

城事 越传统，越不怕折腾

文__子岚

58

在英国生活数年，见证的婚礼无数，才发现，这结一趟洋婚，浪漫倒是浪漫啊，可就是——实在太麻烦啦！！

隔壁的露西卡从意大利回来了，这个英国姑娘在佛罗伦萨的一座老教堂里当了几个月的义工。据说那里美极了，她爱死了佛罗伦萨的夏天。晚上大家聚在老鹰酒吧里聊天，露西卡喝了点小酒之后，兴奋地八卦说，她在教堂帮忙了很多次婚礼，甚至包括一对年轻的中国情侣和一对日本夫妇呢。

如今在欧洲生活与学习的中国客越来越多，而相当多的人都会在这里遭遇他们的爱情，甚至生命中注定的另一半。于是，举办一个怎样的婚礼来完成人生大事，便成为每一对准备走入婚姻殿堂的人，需要仔细考虑的问题了。

59

中国人的结婚，若是在国内，也有东西南北、城乡农工、传统现代之分。何况是到了欧洲之后，加上异国的文化渲染，这婚礼模式的选择就更加多样了。凡是参加过在英国举办的中国婚礼的外国人，都惊叹于婚宴的热闹排场与中西合璧——新娘的礼服是有好几套的，不论是西式的白色婚纱与玫瑰花束，还是中式的大红旗袍或唐装，都伴随着数十桌的豪华盛宴，一同上场；去除妖鬼邪魔的鞭炮、床上撒着的莲枣，和西式的花车与塔形蛋糕一样，也是少不得的；更引人注目的，是大批亲友隆重的现场光临、轮席的敬酒祝贺与数不清的红包。

婚礼对中国人来说，意味着的不仅是夫妻之间的情定终生，更意味着家族和亲友之间，人际关系网络和各色利益的构建与维持。而若是想在欧洲国家有一场这样的豪华婚礼，中国同胞们可得大肆花费一番。根据最近的调查报告，英国婚礼的平均花费在2万5千英镑左右，就算对英国人而言，这也算是一笔不小的数目了，是普通百姓的一年工资扣税之

后，不吃不喝才能存下来的钱。何况欧洲人花费超前，医疗和失业的福利都有保障，所以大部分没有存钱的习惯，那么婚礼的花费，也要折腾个几年才能搞定了。

进一步算笔账：2007年，英国的年度婚礼市场有超过5亿英镑的利润。"羊毛出在羊身上"，从婚纱与伴娘礼服的特别订制、婚礼场所的租赁，到至少三道菜的正式婚宴、酒水点心派对与鲜花布置，都需花费大笔金钱。何况英国在传统上认为，新娘家需支付亲戚们往来婚礼的交通费用。要知道英国有相当多的移民在美国、澳大利亚及欧洲大陆，他们飘洋过海的飞来英国，加上住酒店的费用，可以想象，这是多大一笔消费了。

在英国结婚有两种方式，一种是简单的注册。恋人可以相约去市政厅结婚，其他被授权的机构也受理。这种结婚注册，提前1个月预订就可以了，程序上也不繁琐，成为了一些都市年轻人的"快餐选择"。

但更多人还是愿意选择在教堂举行传统婚礼，浪漫啊！发源于中世纪的教堂婚礼，至今仍是一场正儿八经的严肃仪式，是一种古老而经典的传统，受到多数人的热衷。不过，程序是相当繁琐，不仅要提前至少半年预定，而且还要在社区里张榜公布婚讯，若没人反对，才可如期举行，这和1980年代的中国，结婚需要组织上先过目批准，有些类似。此外，结婚前，小两口还必须常去教堂做礼拜。现在有几个英国年轻人坚持每周末去做礼拜啊，即便他们是基督教徒。他们爱的，不过是教堂婚礼的"浪漫形式"，视传统婚礼为一种复古的时尚，或是圆孩童时代的一个梦想，其纯粹的宗教意味，早不那么浓厚了。所以，他们往往仅在婚礼前，十分频繁地去教堂，而婚礼完成之后，就再不去做礼拜了。

选择了浪漫，麻烦便拉开了序幕。

大部分的教堂婚礼都需要准备半年甚至一年以上，从新娘的手持花束，到婚宴菜单的预订，每一件都是反复斟酌，无不精心选择。

浪漫元素之1：古典教堂

建于公元11世纪的伊利大教堂是剑桥郡和周边地区最宏伟的教堂，也是当地新人最热衷的婚礼举办地。在那座中世纪建筑的矮拱顶式别院里，经常能看见剑桥的中国留学生领着自己的伴侣与牧师亲切交流——外国人在当地结婚受到的查验严格许多，牧师需花大量时间去相关部门验证，看两个年轻人是否有结婚、是否可以在这里结婚的资格，最后才能确定婚礼的时间，通常定在来年，因为前面的预约实在是不少。

婚礼的注册费用是4500元人民币，教堂场地的使用费用是26000元人民币。若是还在当地大学读书（事实上大部分中国新人的身份都是在读研究生），教堂会友好地给个学生价，场地费减半。

浪漫元素之2：婚纱礼服

14世纪之前，欧洲人在结婚时往往穿上自己最好、最漂亮的衣服就可以了。自从布列塔尼的安妮于1499年，首先穿着白色婚纱举行婚礼后，整个欧洲的新娘都得这副打扮了！安妮是十分知名的法国布里多尼贵族，她作为连续两个法国国王的皇后，被称呼为布列塔尼的公爵夫人——欧洲对贵族文化的崇拜可是骨子里的。

在英国品牌商店，例如MOONSON女装店里，都售卖平价的婚纱，价格在3000-5000元人民币。但是这样的婚纱，往往不够合身，款式也有限。相当多的英国新娘，都会订制自己的婚纱，并且做为一生的珍贵收藏，但价格也昂贵得很——1套精美的婚纱，至少花费近5万元人民币。

因为晚婚越来越流行，超过五成的英国新婚夫妇可以独立承担婚礼的费用，但仍然有很多年轻恋人只有非常微薄的婚礼预算。新娘的亲人们往往根据传统方式，即她们祖母们准备婚纱的方式，也就是去商店买美丽又平价的布匹，包括各式的白色蕾丝与花边，然后请裁缝做。按照英国传统，新娘是不可以自己做婚纱的，婚纱最好是在新娘离开家去教堂的那一刻，才缝上最后的一针，而且在婚礼之前，也不可以试穿婚纱等婚礼道具，这一切都是为着吉祥如意。不少中国媳妇儿的算盘打得精——从中国定制，省钱，且质量丝毫不差。

麻烦的不只是新娘的服装，出席婚礼的女宾客都得正装打扮，除了款式简单些的小礼服，更是要戴上礼帽。礼帽的样式和平常戴的帽子非常不同，往往色彩和服装相搭配，质地上要透明，并且帽沿上装饰有花朵或者羽毛。若是不带帽子的，也要带一顶巴掌大的小头饰（往往是用羽毛做的，卡在头发顶部的一侧）。其他的配件还包括小皮件和小纱巾，增加整体服饰的飘逸感。几乎每一个英国女人，从少女时代开始，都会有几套出席正式场合的礼服，绸缎的、轻纱的、闪光面料的以及用多种亮片来装饰的，等等。

63

新郎和伴郎也逃不脱，礼服要比平时的正装更"庄重"。不仅配有黑色领结、胸前有宽排细褶子的白色衬衣，而且往往是燕尾服。若是苏格兰来的男士，便要羊毛呢子的花格子短裙上场，及膝的白袜子，并挎上粗毛皮带穗子的圆形酒壶！还有一点不能忘了，那就是胸口上的花朵了——在中国，男士们在仪式场合，往往把花朵扎成小束，插在左边胸口的口袋里。其实，在西装的领子上，有一个小小的孔，和钮扣孔的大小相仿。真正英式的规则，花朵应该插在这个小孔里，而且仅仅戴一朵或者两朵花。至于花朵的选择，新郎应该戴上和新娘的花束颜色一样的花朵。这个传统源起自中世纪，当时的骑士们，胸口上往往佩戴着他的

女人的花朵颜色，由此宣称他对于她的爱情。……总之，一切都是规矩！！规矩！！

不过，讲求规矩近乎偏执的英国人对待结婚照却不那么隆重。

英国人的婚纱照往往都是在婚礼上现场拍摄的，而在婚礼仪式之后的花园派对上，摄影师会专门给新人与他们的亲友拍摄照片。这些和亲友的合照，往往就是挂在新居里的主要照片。摄影师一般是从当地的知名照相馆（通常历史逾百年）邀请的，价格十分不菲。由于婚礼往往选择在传统的建筑里进行，所以婚纱照只要拍得"复古"就对了！

浪漫元素之3：迎娶的阵势

在古代中国，娶新娘都得抬大花轿，而在英国结婚，迎娶的阵势也得西式一些，至少也得是个双人法拉利敞篷跑车——伊利大教堂附近有婚庆公司提供婚礼租车服务，一辆白色法拉利约1500元人民币一天，此外还提供粉红色和银白色婚礼专用房车，价格也在小几千元一天，并不十分昂贵。更有爱浪漫的英国人，选用传统马车来赶去教堂，真马车可比机动车贵多了，一个小时的租金超过7500元人民币！

……（中间略去婚礼仪式500字，无非是管风琴大奏结婚进行曲，亲友注目下，牧师领着新人缓步进入教堂，然后是"无论幸福欢乐或贫穷疾苦，皆相守一生"的老桥段。）

浪漫元素之4：花园派对+塔形蛋糕

花园派对——英国非常流行的礼仪社交活动之一，人们喜欢这样来构建自己的人际网络，据说很多未婚青年，就是在其他人的婚礼上认识

64

自己的爱人。这种花园派对，往往按照人数收费，简易点的，每个人的花费约8英镑，包括所有的酒水与食物。派对上的餐点无非都是些冷盘、鱼肉、青蔬、水果与点心，随吃随拿——为的是摆盘美观，而吃的人不需要用复杂的餐具，吃相会比较好看。

根据英国的传统，一起切了蛋糕，象征着新人成为夫妻后吃的第一顿饭。而这种多层奶油水果蛋糕，也是洋婚礼的必备元素。水果往往是干果，在做蛋糕的时候，还会加上很多酒，这样的蛋糕可以储藏很长的时间，甚至是几年。新人们往往会留下一块婚礼蛋糕，等到第一个婚礼纪念日或者第一个孩子出生后接受洗礼的时候，再一起享用。类似的干果蛋糕，还有非常典型的节庆日食品：圣诞布丁。一些英国老奶奶，往往提前一年或者几年就开始做以后的圣诞布丁了。

晚上的正餐，去留就随意了。英国的餐饮难吃其实是有名的，但其精致优雅的用餐礼仪，却受到很多中国小青年们的喜爱，特别是傍晚时分，在古老的餐厅，烛光摇曳，大家都盛装打扮，眼观着手中的盘盏闪耀着光泽，食物虽然难吃却装饰得很美——精神上还是愉悦的呢！这样的婚礼正餐，每位客人的花费至少在200元人民币以上。当然了，允许自带酒水的。

......

这样顺下来，在英国结一次婚，浪漫啊，也折腾！！但话说回来，全球各地，哪里的婚礼不折腾呢，中国大江南北的传统婚礼要折腾起来，比他们的花样可多得多，只要新人们啊，乐意折腾！说白了，越传统，越不怕折腾！

一个黑色的故事

文__三不

1667年的冬天格外寒冷，这一夜大雪忽至，整个北京城不消片刻，便被裹得白惨惨一片。德胜门北八部口，千佛寺中的僧人们早已下了晚课酣然入梦，惟独一间屋子亮着灯，在白色的浑然背景中显得格外孤清伶仃。室内端坐着一个面相古拙的男子，正捧信夜读，他便是时任康熙朝国史院典籍的无锡顾贞观。

　　朔风野大，不时从门窗缝隙卷入，桌上油灯本就昏暗，此刻更是明灭不定。只见跳动的光下，顾贞观的表情越来越痛苦，信是挚友吴兆骞从千里之外的宁古塔（今黑龙江省宁安县）托人带来的，里面写道他目前生存状况之恶劣，字字含悲句句啼血，当看到"迢递关河，归省无日"一句，顾贞观再也按捺不住，两行清泪夺眶而出。聚酒欢歌仿佛昨日，而斯人已在千里之外遭受苦寒摧残，那胸中鼓荡的悲愤与思念似乎要将他撑破了，管不得早已冻得发青的双手，和泪研墨提笔写就两篇长短句。

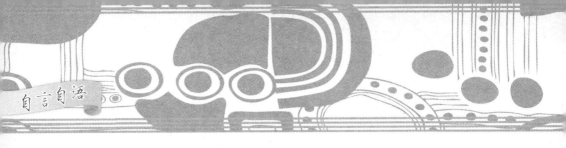

金缕曲

季子平安否

便归来 平生万事 那堪回首

行路悠悠谁慰藉 母老家贫子幼

记不起 从前杯酒

魑魅搏人应见惯 总输他翻云覆雨手

冰与雪 周旋久

泪痕莫滴牛衣透

数天涯 依然骨肉 几家能够

比似红颜多命薄 更不如今还有

只绝塞 苦寒难受

廿载包胥成一诺 盼乌头马角终相救

置此札 君怀袖

我亦飘零久

十年来 深恩负尽 死生师友

宿昔齐名非忝窃 试看杜陵穷瘦

曾不减 夜郎愁

薄命长辞知己别 问人生到此凄凉否

千万恨 为君剖

兄生辛未吾丁丑

共些时 冰霜摧折 早衰蒲柳

辞赋从今须少作 留取心魂相守

但愿得 河清人寿

归日急翻行戍稿 把空名料理传身后

言不尽 观顿首

68

初读此词时我亦浪居北京，在燕郊香山脚下一个两平米见方的斗室中，整日无所事事。我虽没有claustrophobia，可时间长了终嫌憋闷，于是常去海淀图书城闲逛。偶然间在国林风书店看到本《三剑楼随笔》，是金庸、梁羽生、百剑堂主杂文的合集。我高一开始看武侠，以至成痴而荒废学业，才有彼日的沦落。但既云为痴，一看见那古拙的本皮上面赫然冠着金、梁大名，隧欣然购之。记得其中梁羽生先生一篇文章录有此词，读罢惊绝。回首处，恍然已是十年前的旧事，而梁羽老也于前些时候驾鹤西归了。

记得那文中不仅抄有原词，更讲了很多本事。吴兆骞生于官宦之家，为吴江才子，与陈其年和彭师度并称"江左三凤凰"。他幼年早慧而恃才放旷，曾拿老师的帽子作溺器，师责之，竟然说：放在俗人头上不如给我盛小便。及长越发狂傲，曾对好友汪钝言道："江东无我，卿当独秀"，史料载他"为人简傲自负，不拘理法，不谐与俗故乡里忌之者众"，这为其悲惨季遇埋下祸根。后吴与顾贞观结识于"慎交社"而成知己，并称肱骨。顺治十四年（1657）吴兆骞中举人，而当年11月"南闱科场案"发，吴亦因平日积怨太多，而为人构陷抄袭舞弊。正史说再试时考子都带枷上锁，吴向为娇子，哪受过如此非遇，以致惊吓过度竟交了白卷，被定案审无情弊，家财充公，与父母兄弟妻子家人发配宁古塔戍边。顾贞观得知后，时时以营救吴为平生第一要事，其后他课馆当朝太傅明珠家，结识了其子也就是鼎鼎大名的纳兰容若。后者对顾一见倾心，并以师事之。顾贞观屡次，某日容若读了此二首《金缕曲》，不禁泣下数行曰："何梁生别之诗，山阳死友之传，得此而三。此事三千六百日中，弟当以身任之，不需兄再嘱之。"

据说吴兆骞初到戍地虽然窘迫，后来日子却也混得不错，甚至是名利双收。他一度被宁古塔将军巴海聘为书记兼西席，馆金三十两，礼遇

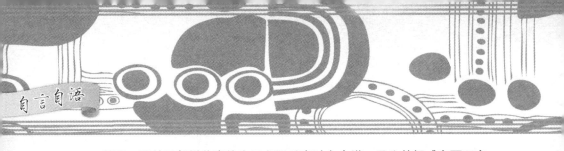

甚隆；而某日朝鲜节度使李云龙因兵事过宁古塔，吴为其撰《高丽王京赋》，茶未凉而笔已尽，李惊为天人，回国宣扬，遂"其国颇以汉槎为重"。对吴兆骞生活的改善，顾贞观想必是一无所知的，他仍旧怨念般执着的要将这个挚友从"塞外苦寒，四时冰雪"中拯救出来。一次太傅明珠设宴，顾贞观再次"厚颜"提出让明珠将吴兆骞救回，明珠早被缠得烦了，他知道顾贞观平日滴酒不沾，便半开玩笑半负气的指着一大斛酒说："如果顾先生他饮尽，我马上办理此事。"顾贞观眼也不眨，一饮而尽。顾贞观亦是世家出身的一介高士，此类人大多爱惜羽毛，名声气节看得比命还重，如此折腰可见他的决心之烈。在顾贞观的多方奔走下，有了太傅明珠的支持以及纳兰与徐乾学等人于朝中斡旋，而吴本人亦献《长白山赋》取悦康熙，费赎千金，终于康熙二十年（1681年）吴兆骞始得放归。吴兆骞被救出后在京居留二年，顾贞观对他如何奔走营救等等只字未提，某次吴因为一件小事而同顾贞观反目以致欲割袍断义，顾竟依然保持缄默。直至明珠将吴兆骞引至自己的书房，看到"顾梁汾为吴汉槎屈膝处"几个字时，吴才声泪俱下。

故事至此貌似皆大欢喜，然而上天总是有着自己独特的幽默感，导演了一幕黑色结局。两年后，吴兆骞从北京返回故乡苏州，奈何塞北苦寒而江南温软，吴在宁古塔二十三年已然不适苏州的气候，三年后便一病成终，时年五十三岁。次年，容若也病故了，浩渺天地顾贞观再次孑然己身，不久便心灰意冷的离开了京师。他回到家乡无锡，在惠山脚下结庐而居，一改从前风流倜傥交游的生活，从此避世隐逸，与书为伴。康熙五十三年（1714），贞观卒于故里。

生命哲学 熬过快乐的日子

文__罗点点

　　同学聚会，来了一位每次都不来的人。大家知道这位老兄插队回城后一直给某单位烧锅炉，加上父母多病，境遇不好，原以为他因此不愿见人，甚至曾有人猜他已贫病交加不在人世，这回不知哪个神通广大的热心人终于把他找了来。

　　在座的除他似乎都小有成就。可不知谁开了个头儿，说起生活工作中的不如意，个个比赛似的发牢骚。看大家说得热闹，他不好老沉默就一脸诚恳地说："我现在不错了，不像你们操心受累。锅炉现在都改烧电了，我就不用老盯着加煤，不仅活儿不累，上班儿睡个觉什么的头儿也不管……"说到最后竟然笑容灿烂："你们猜怎么着？到现在也没人来找我谈退休。可能能干到六十岁呢。"大家听了一时语塞，都为自己的贪心不足不好意思。真所谓知足者常乐！这么多年，谁知他是怎么熬过这些快乐日子的？

　　快乐诡秘，想要的人不一定有，不想要的不一定没。可是快乐到底是什么？打开报纸、刊物、电视和网络，快乐理由扑面而来。出现频率较高的多冠冕堂皇：财富智慧健康，亲情温饱宽容，探索创造冒险，信仰牺牲奉献。有些虽非主流但也占一席之地，比如性、挥霍、懒惰、纵欲，贫穷、吃亏、通灵、死去等等。平白直接但不太集中的有：吃牛排，上太空、中彩票、有特异功能，和上帝对话，甚至得一种特殊而风雅的病等等。要是多点耐心和勇气，更稀奇变态的选择也能找到。莎士比亚说过：世事本无对错，全凭心向往之。看人老莎，深刻啊！

　　一次因治疗需要，我得服用一个时期皮质激素。虽然绝对是医生处方剂量，可我吃了药就从早到晚高兴快乐，不仅觉得天蓝草绿人顺眼，连人生的基本烦恼——生老病死都一扫而光。我一边会意这是药物副作用，一边心下吃惊，原来快乐并不像老莎说的那样仅是高贵的心智活动，它竟然可以被药物如此廉价地制造出来！怪不得药物酒精依赖之风在全球愈演愈烈呢！

72

南亚小国不丹人口稀少经济落后，但新老两代国王一心为人民制造快乐，不将GDP而将快乐指数作为国家发展目标。听说不仅人民拥护，连西方世界的主流社会学家和经济学家们也大加赞赏。不过最近事情出了点麻烦，在国王倡导下，不丹要结束世袭五代的旺楚克王朝君主制，产生民选政府。有西方观察家报告，在这个全球快乐指数最高的国家，民众已因选举立场差异出现前所未有的社会分化。他们很担心失去国王，因为社会民主化会加剧利益斗争，快乐指数也会因此受到冲击。

关于快乐还有更诡异的消息。据德国一家权威心理学机构最新研究统计结果，正常心智的人在自然状态下，一天中感到快乐的时间不会超过2.5小时。这就是说一天24小时中你只有十分之一多一点的时间会感到快乐。其实也不用什么德国权威机构的最新成果，我们中国人早就从悠久的文化经验中总结出类似的智慧，所谓人生事不如意十之八九是也。你算算，不如意十之八九，那如意可不就只剩下十之一二？再说什么叫自然状态？说白了就是上帝造人时就安排好的。尽管越来越多的人口口声声人生最重要的事情是寻找快乐，可上帝显然不这么认为，看样子他至少觉得除了找快乐之外人生还应该有其他事情，不然他怎么会这么吝啬？无论你挑中什么当你人生的快乐理由，无论健康疾病，刻薄宽容，利他利己，是爱是情还是性，甚至是活着还是死去，反正上帝规定你每天的快乐时间只有十分之一。绝不因你的人种、出身、财富、智商、情商还有其他什么什么商而有所通融。呜呼哀哉，这世界上还有讲理的地方吗？这项研究成果还说，如果有人透支快乐，那他早晚会陷入严重问题，因为所有透支最后都得用同等沮丧来补偿。说实话，我对这项成果有很不满意的地方，它只说了快乐不能透支恐怕也不能预支，可它怎么不说说快乐能不能储蓄？也就是说如果我前半生都忍着不快乐，那这些快乐时间能不能叠加在我后半生里？要这样，我觉得咱中国人还挺有希望。🐾A

守住一片精致奢华

卡米

巴黎时装周的喧嚣还未停歇，各路大牌的早春新品橱窗就开始纷纷登场，整个城市正风潮暗涌，在这个时候走进卢浮宫旁边的巴黎时尚博物馆去看一场名为"时尚的历史"的展览，难免有点反潮流的意味。这个自去年年底开始持续到现在的，为纪念法国著名服装设计大师Christian Lacroix旗下高级定制服二十周年而举办的时装展，有超过400件的经典服装藏品和Christian Lacroix个人品牌的80件高级定制服作品，以及其本人的创作手稿，共同组成了一部Lacroix版特殊的"时尚历史"，参观者可以从中发现设计师灵感的来源，也可以近距离观赏到各种细节的处理，诚如Christian Lacroix本人所说：这并不是一个回顾展览，而是我用自己的观点在分析时尚。

第一次去的时候，发现不大的展厅里有许多年长的人前来观看，惊讶于在巴黎原来还藏着这许多时尚优雅的老头老太们，挨着他们一起看展厅内放映的Christian Lacroix历年发布会的回顾，听那些时髦老太们如何头头是道的说出每个细节的关键处，每组绣花的讲究点等等，不禁要暗叹巴黎的时尚底蕴原来还远远强于自己的预计，便立刻作虚心状，一边看Christian Lacroix如何像一个魔法师一般在这里将他存积二十年的霓裳羽衣拿出来晾晒见光，仔细聆听着身边这些时尚老太们如何将Lacroix这个出生于法国南部充满阳光的小城阿尔的个性设计师的奢华——分层解析，各种巴洛克锦缎，中世纪刺绣，西班牙斗牛士，八十年代，花朵与拼布……绚丽多姿，极尽奢华。

眼前的华丽也让我想起第一次有机会看一直仰慕的设计大师Christian Lacroix展览的那次经历，那场以"红色"为主题的18世纪至21世纪戏剧服装展被设在巴黎著名的GARNIER歌剧院，1910年加斯东勒卢的《歌剧魅影》情节展开的地方。展览现场满目是深深浅浅的红，穿行在其中，周围全是华服，空气里仿佛还有绫罗绸缎摩擦时发出的细

碎声。想象CHRISTIAN LACROIX这个人之所以要选择这样一个有着一段凄美艳绝爱情的地方展示，应该也有着对于那个时代的无比向往，至少还有华丽无比的水晶灯砸下来，即使没砸到，也可以惊艳到死。

只是红到尽处总成灰，盛世已不再，歌剧的盛世不再，巴黎的高级时装业的盛世也已经不再，而巴黎这个城市，也已经很久都没有出现传说了。

- CHRISTIAN LACROIX在巴黎时尚博物馆举办的20年回顾展：时尚的历史。
  这并不是一个回顾展览，而是用自己的观点在分析时尚。

76

一点老巴黎和一点新时尚

卡米   77

在这个城市里越来越放纵自己的懒散，有时刻意避开前卫的新颜色或者是喧嚣车市，一径的往旧巴黎的风景里走，想迷路在那些十八世纪的建筑物加上玻璃天窗所构成的巷弄里。WALTER BENJAMIN文字里所谓的"巴黎的原始风貌"往往就是掩藏在一栋栋老建筑之间的这些被称为"天棚廊巷"的商店街里，它们曾是巴黎最古老的史迹之一，到十九世纪末因为百货店的出现，这些廊巷日渐没落下来，但是仍有许多百年老店固守在此，坚持着老巴黎的一点悠闲与经典。

1986年，自著名的服装设计师Jean-Paul Gaultier重新整薇安廊巷并在巷内设立门店之后，很多年轻的设计师、艺术家纷纷进驻这些仿若脉络一般散在巴黎城的天棚廊巷。82年生的巴黎女子MAUD自艺术学院毕业之后就是受此影响，在玛黑区的大鹿廊巷中开辟出一片自己的空间。第一次经过她的小店就被橱窗里那些时尚的小人所吸引，MAUD把这些用铁丝、色彩艳丽的羽毛，报纸等做成的精致作品称为"廊巷女子"，加上寻常的一张地铁票或者一角裁剩的纸张被折叠成这些小人们手中的小拎包或者小报纸，打上各种名牌的LOGO标志，诸如CHANEL、CK、DIOR等等，立刻时尚摩登起来，俨然一派巴黎美女shopping归来的场景，风情万种，这就是店主MAUD眼中代表巴黎的一道最时尚优雅的风景。

被这些显现制作者设计灵气的"廊巷女子"所吸引，忍不住要推开小店的门，里面的世界远不止开始的这一点惊喜，年轻的店主坐在店中一角，并不过分热情的和客人推销，只闲闲的一手托着脸和你微笑的打个招呼，任客人随意的看自由的选，在她身旁最近的地方，放着一台老式的电视机，类似意大利老牌BRIONVEGA的1964年的11英寸小电视的外形，凑近看，原本的屏幕现在被换成了一面放大镜，眼睛探进去，里面的机芯之类已经全部挖空，此刻被卡通小老鼠，漫画图，工业废品做成的灯，时尚小人等占领，好似一个被隔绝保存的童话世界，而里面的这些东西又是店内的主要商品类别，分明又成了小店的一个缩影，趣致横生。

店主MAUD把她的这个小店叫作实验室，是她的设计实验室、时尚实验室，也是她构建的一个现代童话实验室，一边有"廊巷女子"的摩登，另一边也有卡通图片的天真，若是作为一个设计师的身份，那么店内各种用工业废品以及试管等做成的各种形状的灯就是体现她设计理念的代表。那些自二手市场或者实验室内找来的试管，老灯泡制成灯固然是对店名的一个应和，而另一些用废铁皮、机器零件、麻绳、玻璃等等原本废弃的材料组成的灯具，虽处理的方法简单，却又力求用这样的一些元素向人们表达着一个完整的概念和态度，那就是关于如何在工业文明越发达的现代，当工业废品这样的东西越来越多的时候，人们如何用积极的心态面对它们，尽可能的将它们变废为宝，甚至是成为艺术品，而不是用冷漠、厌弃的态度对待它们，或者只知一味地揭示它们对环境造成的危害。

　　这家别致的小店所在的廊巷地处巴黎的繁华地带，而一进入这里，喧嚣似乎立刻被过滤隔绝，有时阳光自巷内顶上十二公尺高的玻璃天窗射进来，令脚下黑白瓷砖组成的图案发出柔和的光，呈现出令人难以置信的宁静空间，仿佛将1825年这里初建成时的世界一五一十的还原了，而巴黎女子MAUD就是在这样的一个空间里，坚持守着自己的一片天地，将她心中的天真和灵感，过去和现在，一点老巴黎和一点新时尚……向走过这里的每一个顾客随意的展现开来。 ♪A

读者心声
READER VOICES

§ 彦儿飞飞：

说实话，今天第一次来，不过刚来就被吸引住了，美丽的界面，还有热情的帖子，我想这里一定是个充满乐趣的好地方，呵呵，支持。

§ 在云的边缘上：

从去年发现"开啦"到现在都一年多了，一直在关注"开啦"，总是第一时间下载过来欣赏，又不忍心将她一下子看完，让明天有点牵挂。一个人在一个陌生的过度快两年了，心理的寂寞一点点被无限放大，有时候真的很需要"开啦"这样的朋友，能看到生活、唠叨、精神...

感谢"开啦"，感谢她陪伴了我这么久！

§ 百达翡丽：

这个杂志让我耳目一新。里面有很多我喜欢的地方，喜欢的好东东，虽然不曾在我的生活中出现，但是看过即拥有对吗？！ 所以每天中午休息的时候都会翻看翻看，人也从一上午的忙碌中轻松下来神游一下，妄想一下，品味一下。再赞一个——很棒！

编辑们辛苦啦！

§ leisy25：

开啦很有特色，每次在看开啦的时候觉得很自在，不会有约束感，每期都是一个惊喜一次意外~

既然这么有特色，就让这一直延续下去，让每一种特色都成为开啦独一无二的，让人不论在哪里看到最先想起的就是开啦~

81

§ 无以言退：

以前经常到老徐的博客看一看，于是我也开始写博客。逐渐地成了习惯，还出了一本书。呵呵，无论是写文字，还是办杂志都是需要坚持的工作。就像一杯清茶渐渐浓一样，相信杂志会越来越好。

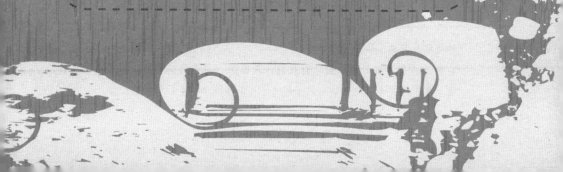

給開啦的信

到今天还在

肖小小

在《开我常常想起小时候的一个场景。那个我在幼儿园喜欢的男孩子。我仍记得他的名字，他家住的地方，但却记不起他的长相。印象中应该是很腼腆的，总爱脸红。

总像在梦中发生的一样：在很远的山坡路上，一个蓝色小小的身影，印象中是星期天，晴空，有太阳。

我大喊他的名字，却没有回应，内心很是沮丧。

那种沮丧的感觉，到今天还在。

到今天还在，这五个字的发音在陈淑桦的《爱的进行式》里。

个人主页：http://www.xiaoxiaoxiao.net

致开啦

杜阿童

在《开啦》半岁的时候　跟开啦结缘
在《开啦》一周年的时候　与开啦一起迎来的声势浩大的春季运动会
在《开啦》蒸蒸日上的时候　陪伴《开啦》一起迎来了《开啦街拍》
如今，两本杂志正苗壮成长，努力成为一本受人尊敬和爱戴的杂志
So,good good study,day day up!come on!

我们的纪念日

vivi

知道2008年2月20日是什么日子？
是我鼓起勇气离开家开始北漂的日子，
是我的梦想开始照进现实的日子，
是我第一天在《开啦》工作的日子。
我记得刚来的第一天晓娣、小粉他们热情和我打招呼的样子；
我记得无处可居的时候公司积极给我解决住宿的问题；
我记得生病后领导和同事们的问候，那不经意的一句话真的可以让我暖很久；
更让我敬佩的是我们的大老板，她的美貌，她的智慧，她的善良，她的平易近人，让我觉得为她工作是我的荣幸；
还有，还有我这些可爱的、固执的、粗俗的，靠谱的同事们，因为有了你们，上班这件事，变得不是个事。以后的日子里，让我们继续一起撒开啦玩吧！

周年稿：能得瑟和爱捣蛋

想想从2008年5月开始，我每天的日子大概都是这样的：不是在去鼓楼的路上，就是已经在鼓楼的某个地方蹲点儿了。

我爱极了鼓楼东大街，就像熟悉自己家里的摆设一样熟悉这里的一草一木，一朝一夕。其实我总是没什么正事儿，就是走柳儿，来回来去，每天一遍或者好几遍，老是走不腻歪。

我喜欢这条街上那些脑子妖蛾子的年轻人。他们大都和我一样，白天跟街上闲晃会儿，去谁家店里收点尖儿货，晚上去MAO混个滚par，一包点儿八，两瓶青岛过后，各回各家洗洗睡了。

在做这本杂志之前，我就是这条大街上的一个人；在做这本杂志之后，我还是这条大街上的一个人。一个鼓楼混子，一个不小心万分得瑟地就成为了这本植根于街头潮流的杂志执行主编。我现在还是会和朋友们没事儿就去鼓楼走柳儿——这是习惯，当然也是工作，这是我做这本杂志最高兴的一点。在这条最北京的大街上，有全北京，全中国最会捣嗤的人，他们身上的打扮有四季带给我们最美好的灵感。

我就喜欢有范儿的人，爱他们那一张张能得瑟的面孔，和一颗颗爱捣嗤的心。

儿

开啦周年寄语

时光荏苒，岁月如梭，在各位同仁的共同努力下，我们的《开啦》互动电子杂志已经2岁了，两年前的某天，狂热的知性美女boss为了"如果要说小时候有什么梦想的话，办杂志应当是其中的一件"的初衷，各位同仁相交相识于此，在这里埋下一粒希望的种子，苗壮发芽。姊妹杂志《开啦街拍》和《开啦职场》也蓬勃上线。细细盘点走过历程，从创刊时的青涩，一步一步走到今天的成熟，与《开啦》全体工作人员的付出密不可分。看到越来越多的忠实读者，他们的每一句赞许，给我们勇气和力量；他们的每一句建议，给我们智慧和希望。

祝愿我们的《开啦》在以后的日子里，越办越好，能为读者奉献出更丰富、更多彩的杂志。

KI

茁壮成长

《开啦》就像一个小婴儿，不知不觉已经两岁了。两年时间里，我们所有的同事，像父母一样，对《开啦》倾注了所有的心血和热情。在两年时间里，《开啦》也受到越来越多人的喜爱。一封读者来信，一篇评论文章，都是对我们工作的肯定和支持。《开啦》如同纽带一样，让我们和读者越来越像一家人。

非常高兴是这个充满温馨和活力的家庭一员，而我们，也将会用自己更多的智慧和努力，让《开啦》苗壮成长！

雪鹏

人在江湖漂移

蓓蓓晃

我曾想退出江湖。

有人的地方就有恩怨，有恩怨就有江湖，人就是江湖，你怎么退？

一句话点醒梦中人。

原来江湖一直在我心中，原来自己每次路过报摊都会流连半响的习惯是因为对媒体这行的热爱。

有人说做杂志的都是有理想的人，也有人说做杂志的都是浮躁的人。都对，都有道理。而我对杂志的情有独钟，是因为它的独立性和可持续性。

有一块阵地，专门用来表达自己的观点，收集自己喜爱的事物，并看着它被世人所接受，所喜爱，是创造者所能收获的最大乐趣。

花，开啦

艳儿

《开啦》杂志已经开办两周年了。不得不说时光如箭，创刊时记者见面会的情景还历历在目。看这本杂志让我收获不少。在《开啦》的每一天都是精彩的、开心的。每一首歌每一篇文章后面都会有很多的故事，用心感受就会发现！开啦两周年，希望开啦杂志越办越好！

两周年纪念

王柯

在《开啦》的这段日子里，我见证了它走向成熟的全过程。我们的日常工作在老徐的领导下、在小小的调配中，变得更加有效率，更加成熟。同事们在这个大家庭中像兄弟姐们一样亲密无间，像战友一般共同奋斗。

能够伴随《开啦》一同成长，我感到非常的幸运，，它让我体会到家一般的温暖，也教会我如何关爱他人，它使我面对人生的态度更加的积极向上……

祝愿《开啦》继续迅猛发展，积极壮大！

这是我发自肺腑的一句话

张英

能为《开拉》贡献我的青春，以《开拉》的发展为终身奋斗的目标，我骄傲（）言）！

姓名：梁帅　年龄：未婚　性别：男22啦
职业：看孩子做饭洗衣服

公司常用语录：

01.额滴神呀！（专用于梁帅电脑死机后）★★☆

02.珍爱生命 远离梁帅（5.15.25左右时间会发出此公布）★★

03."康康，等我给你买薯条"（逗狗时梁帅专用）★☆

04."这网也太慢啦！""谁用谁知道啊！"★★

06.什么情况？(在很多情况下出现的)★★☆

07.不显好（常用于公司高层领导来检查时）★★★☆

08.这样不好。。。必须的。。。（阿智口头禅）★★★

09."梁帅，咱换首歌吧..."（一首歌给大家放了无数遍.进来的人都这反应)☆

10.人格的魅力在闪亮啊！在呀么在闪亮！（董蓓蓓比较得意时候用）★★★☆

11.粗俗（尖儿带来的新词语，可以用到各种地方，相当实用）★★★★

12.灵动抓人（小小同学布置设计任务时专用）★★☆

13.悲剧（梁帅带来的新词语，可以用到各种地方，相当实用）★★★★

童鞋和盆友和我出去逛街，情况大致是这样：

童鞋："我们中午吃什么啊？"

梁帅："那个女的穿得真好看，我就喜欢穿匡威的女滴。"

盆友："你感觉我穿匡威好看吗？"

梁帅："太骚锐啦！那腿粗得还穿丝儿袜出来，就是一悲剧！"

童鞋："车来啦！"

梁帅："你说我去和人家说，给你拍张照能行吗？"

盆友："…………他们说什么已经不重要啦！"

梁帅："那个还成，能上我们杂志，不错！有范儿！"

童鞋、盆友："流氓！以后在不和你出来啦！"

写啦好多！就到这吧！生孩子去啦！

突然意识到《开啦》已经两岁，是前不久帮老徐整理"主编的话"的时候，密密麻麻一个Word文档统计下来，已经有三万多字。这些字伴随着每期不同的话题，让《开啦》从一份明星主编的电子杂志，蜕变为圈内颇有口碑的主流媒体，新刊《开啦街拍》、《开啦职场》也相继华丽丽出场，和大家一起往开啦玩，往开啦穿，往开啦运动……周年庆的综合症之一就是大家都开始煽情，伴我们走过两年的《开啦》，也确实有值得煽情的理由，多的不说，生日快乐。

我的左右互搏神功

张颖源

两年了。

我想，应该会有童鞋说，"《开啦》系列就像自己的孩子"，那么我就是陪着《开啦》一起长大的保姆！因为我负责给"它"穿上漂亮的衣服，展示给大家看。

每每负责统计论坛的MM发来消息，反应又有读者提意见了，心理总是矛盾的。一边像樱木花道似的碎碎念："无视无视~你们看不见我~"一边却已经将刚刚提出的问题琢磨了好几遍："提出的意见是否能采纳，如果采纳了是否比现在的效果更好？"杂志就这样在不停的纠结中诞生~想有一天，或许我能练成左右互搏也未可知……

不知道读者里有没有人见过杂志上线当天的"盛况"。玻璃屋办公室的4个人，忙得不亦乐乎！网速慢了、温度高了、电脑反应迟了……谁让今天是上线的日子呢？一切的一切都要最佳状态~想看臭脸嘛？请于杂志上线之日到玻璃屋观摩即可。

干活了干活了，期待又一次的杂志上线臭脸运动吧~读者朋友们继续多提意见和建议，相信能从中提炼精华，助我早日练成神功……

写给开啦的信

郝静

转眼间我在开啦工作半年多了，时间这么快就流逝了，在这个村里我学会了不少知识，也懂得了不少事情，虽说我不爱说话吧，但其实我挺喜欢听大家说话的，呵呵。

我主要是负责统计开啦，和街拍读者的数据，看着读者的人数越来越多，也为开啦高兴。读者们的意见我会努力反映给负责人，让大家一起把村里整的更加漂亮。

时光匆生日快乐 to 《开啦》

卢豪杰

临近07年底的"开啦 首届读者见面会"之际，我蒙幸提前见到了老徐，正式被编入鲜花村的《开啦》村民。从此成就了鄙人毕业后的第一份正式工作，至今仍坚守着这份幸运。一路上走来，每一碰到朋友就对此津津乐道，不亦乐乎。

今次恰逢《开啦》两周年纪念册的筹备期，每个人都要准备些文字和一张照片，手倒是不怵前者，后者可将俺折磨坏了——去哪找张像样的照片呢？！

无奈中的万幸，公司电脑里有一张与同事们共过生日的照片，是小小同学的作品，鄙人感觉放在这里再应景不过了。双手拖着大蛋糕，头顶上还有"开啦"字样，哈哈，生日快乐to《开啦》！再愿《开啦》成长的更好更快！

太刺激了
王卉

有人说，常换MSN签名的人，都是不成熟的人，要按这个说法，《开啦》的作者中，不成熟的人实在太多了。

韩寒的MSN名字本来很稳定，就一个字：寒。但有一阵，签名后面多了几个字：显示为脱机——⊙.⊙|||

MISS南很喜欢换签名，一天一花样，她今天的签名是：淫荡的一天又过去了，什么淫荡的事也没有做——⊙.⊙|||

庄雅婷也很喜欢换签名，有时候恨不得一天数变。但是有段时间她的签名一直不变、状态一直是脱机，这简直太奇怪了，给她发邮件、短信，统统如泥牛入海。然后忽然有一天她很活泼的在MSN上冒出来，问：还要稿子吗？我问：你跑哪去了？她答：自闭——⊙.⊙|||

奶猪很忙，这从她的签名也可以看出来，今天她的签名是：有鬼电车（布拉格）。她一向称自家报纸是"贵报"，人家报纸是"贱报"，我们北京人爱说"你丫"，她每次都很有礼貌的说：您丫——⊙.⊙|||

至于我的MSN签名，它是很有规律的，非交稿期，是胡言乱语型，交稿期，是杀气腾腾型，比如这个：呼叫拖拉机！交稿不杀！

但有的人，完全是威武不能屈，即使在我放出狠话的时候，还会勇敢的露出脑袋，问："拖拉机有几台？是只有我一个吗？"这位作者有天良心发现，信誓旦旦的许愿说再也不拖稿，坚决不当拖拉机了，而且为了表示决心连笔名都改了，一副重新做人的样子，我当时很欣慰，还把MSN签名改成了：拖拉机，变型！结果怎么样呢？她现在是一台名叫"贝布拖"的拖拉机！

当然我们也有不拖的作者，比如西门媚，每次交稿都特别准时。但是有一天，我们聊天的时候，她说：成都太冷了，我都想跑到北京过冬。我说：呃，北京，北京比成都冷吧？她说：可北京有暖气啊！——⊙.⊙|||

我与开啦共同成长

时光匆匆，开啦已经两岁了！你还记得第一期是什么内容吗？你还记得当时是怎样的心情吗？那个他是否还在身旁？世上唯一不变的就是"变"，开啦也在改变，变的越来越好；变的越来越丰富多彩。2周年之际，新增刊的《开啦职场》就是一大改变。开啦不仅是时尚流行的坐标，也是我们生活的必备指南。两年来，不仅见证了开啦的成长，我也伴随着它一起成长！

我们的联谊

这是一个幸福的鲜花村，在这个大家庭里没有身份的束缚，没有等级的限制，村民们相信相爱，互相扶持。

我们的目标只有一个——将《开啦》进行到底，将我们的杂志越办越好！

将我们的队伍不断壮大！

运动场上表演高难度动作的老徐!

90

我们的联谊

U.S.LIANYI

蒙马特的一只高跟鞋

卡米

任何有爱鞋癖的人都不该错过。

拿着大名鼎鼎的Karl Lagerfeld大师设计的邀请卡，去巴黎蒙马特高地看一个关于鞋子的展览，舒适至上以至不肯换下脚上的那双旧球鞋就跑了过去。穿过纷扰的红磨坊地区，走进老巴黎的古朴窄巷，象从一个世界轻易的跨进了另一个世界，蒙马特的奇异之处也许就在于此，总是可以同时容纳巴黎的很多种表情，有时是电影中天使艾米丽式的，有时是画家凡高毕加索式的，有时它是乔治·桑和肖邦在咖啡馆里的旧时光……

　　走到"Massaro之家"，透过花园的铁栏杆，看见画有各种鞋子的蓝色地毯的阶梯上方的那只双色鞋子时，这一刻的蒙马特，就只属于1957年的Coco Chanel的摩登时光，那一年，她就是穿着这款与传统大相迳庭的Sling-Back双色鞋对巴黎说："我就是时尚！"

　　这个鞋展所在地"Massaro之家"的主人正是Chanel经典双色鞋的制造者——巴黎最有名的鞋匠Raymond Massaro，走进去，小小的展览厅里面陈列着各种奇趣的鞋子，自Chanel之后，Thierry Mugler、Azzedine Alaia、Gianfranco Ferré、John Galliano、Christian Lacroix，一直到Hedi Slimane等一长串名家设计由制鞋师Raymond制作的名鞋，方寸之地，仿佛融进了一长段鞋子的历史，墙上的一排鞋子的设计画稿中还有Lagerfeld的署名和文字，写着："任何有爱鞋癖的人都不该错过！"最有意味的是，展览厅内还端坐着一位优雅的老太，有人问时，她会给你讲述某双鞋的小故事，无人时，她就静静地坐在那里，象在守住一段关于鞋子的好时光。

　　从那些奇幻的鞋子世界里走出来的时候，忽然很想甩掉脚上的球鞋，换上Chanel著名的黑色鞋尖与米色鞋身，以及鞋侧镂空，这两个元素构成的经典香奈儿双色鞋，再到蒙马特优雅的走一走。　ᴐA

日本平胸女PK巴黎时尚女

卡米

巴黎的一个画廊之前展出了高野绫（Aya Takano）的系列作品，这个1976年出生于日本·玉县的女子，毕业于Tama Art大学的艺术部，是村上隆公司Kaikai Kiki旗下大受欢迎的女艺术家，销售常达90%，是继日本最有人气的流行插画艺术家奈良美智（Yoshitomo Nara）之后非常被看好的一位日本画家。

有时喜欢高野绫的这个古怪平胸女会更胜过奈良美智的那个古怪小孩，因为觉得奈良美智的那个坏脾气的怪小孩，虽然一直摆出一个不在乎的姿态，可是，明明就是一直很怨念的样子，象日本恐怖片里的小人，在角落的阴影里，怨念丛生。而Aya Takano的这个平胸女，一样也是古怪卡，疏离款。不过，多一点玩乐心，多一点世俗味，也更多一点对世界的好奇心。近距离观赏高野绫的绘画风格时，亦很喜欢这样的笔触，她以日本漫画、科幻小说、一点点情色和修改的日本风格构成，让这个漫画人物在她的绘画中自由翱翔，充满激情和创作力。

与高野绫的展览几乎同时开始的Kiraz的"巴黎女郎"（Les Parisiennes）插画展，则是非常巴黎风情的城市生活写照。出生于开罗的Edmond Kiraz在五十年代时来到巴黎，即刻被这个城市所吸引，开始在《Jours de France》杂志上开漫画专栏，名为"巴黎女郎"，并且长达二十年之久，专门描绘巴黎女人们的日常物质生活的小细节、小故事，Kiraz笔触中栩栩如生的巴黎女郎性感、妩媚且非常时尚，从他第一次刊登在杂志上之后直到出现在减肥糖Canderel的广告里，这些女郎的身影如同艾菲尔铁塔一样让人印象深刻，成为巴黎时髦女郎的代名词。

在Kiraz的这个展览中展出了130多件作品，其中许多曾出现在《Elle》、《Gala》、《Marie Claire》等时尚杂志上，还包括一些香水广告和为Nivéa设计的化妆品宣传广告等，在Kiraz笔下，那些艳丽的色块、窈窕的身影让巴黎女郎们变得风情万种、生动形象，著名服装设计师Christian Lacroix亦对Kiraz的插画非常之赞赏，他称Kiraz有着一双"巴黎时装之眼"，因为这些巴黎女郎们身上的服装也显示着各个年代的巴黎时尚之风。

这个夏日的两场插画作品展，Aya Takano之日本平胸女遭遇Edmond Kiraz的巴黎时尚女，一个东方奇幻、一个都市物质，却一样的让人看后欢喜着迷。♪A

sex_and_the_city

她、她、她和她的欲望都市

文__Adam Hsieh

如果说有什么城市可以让你同时感受到奢华、放纵，或许还有一点点的伤感，我想那就是美国人的超级大苹果——纽约市。纽约对于中国观众来说是一个既陌生又熟悉的城市：陌生，是因为大多数人都还没有亲自去过；熟悉，是因为大多数人都通过好莱坞银幕认识了这座城市。在纽约取景拍摄的电影数不胜数，像是《蜘蛛侠》系列、《我是传奇》、《穿普拉达的女王》、《无间道风云》、《这个杀手不太冷》、《的士时速》等等。不过说到最能代表纽约城市气质的莫过于全球热播的HBO经典喜剧《欲望都市》（SEX AND THE CITY）。

《欲望都市》虽然标题有个引起人们无限遐想的"Sex"，但实际上并非单纯描写纽约OL放纵无度的奢靡生活，而是通过四位女主角关于爱情和性展开的一场坦率的交流，宣扬女性独立自主的生活态度。

显然，这种生活需要很多支撑元素，包括：一份悠闲而又高薪的工

作，永远逛不完的时尚商店餐厅，还有一群容易哄骗上床的大男人和小男生。当然，谁都不可能忽视另外一个重要角色，甚至经常被认为是《欲望都市》第5位女主角——那就是纽约市。正如每部实景拍摄的电影或者电视剧都会为外景地带来源源不断的观光客，《欲望都市》也成为纽约名副其实的城市名片之一。

1998年开播的《欲望都市》2004年2月终于播出最后一集，成为史上收视率最高的电视剧大结局之一。时隔4年，《欲望都市》终于再度回归……大银幕。HBO和New Line Cinema宣布开拍电影版让不少"欲"迷兴奋不已，更有不少人坦言观看预告片时激动得痛哭流涕！这听起来或者有些夸张，不过下面这些忠实粉丝用实际行动表达自己对"四女行"的热爱——和三位女性朋友结伴到"欲望都市"看《欲望都市》！

大力发展大都市观光业的纽约当然不肯放过这个机会，所以他们围绕《欲望都市》开发了不少一条龙旅游产品，满足来自全球各地、财力各异的"欲"迷需求。

我很快在网上找到一家叫做 On Location Tours 的旅游公司，每天都有两到三个团组织游客搭乘豪华冷气巴士穿梭于《欲望都市》遍布曼哈顿的各个外景拍摄地。大约3.5小时的行程将带我们探访以下地点：Carrie 居住的公寓，Miranda 至爱的蛋糕店，Charlotte 工作的画廊，Samantha 遇见 The Friar 的教堂，还有很多拍摄《欲望都市》时租用的服装店、酒吧和夜店。相信足以让热爱《欲望都市》的粉丝大饱眼福了。而参加这个旅程只要42美金（不到300元人民币），也不算贵。

如果你自认实力雄厚，或许可以考虑参加更加奢华的《欲望都市》游。一家叫做 Destination On Location 的公司开出了不菲的价码，4天

Samantha 在这座名叫 Church Around the Corner 的教堂邂逅了 The Friar。教堂塔尖后面的那座高耸的建筑物相信地球人都知道了。

这家位于曼哈顿 Grand Street 的酒吧 O'Neal's Speakeasy 在《欲望城市》出现频率颇多,不过名字改成了 Scout。

天5夜就要花费足足15000美金(超过10万元人民币)!先别"哇",让我们看看这个"欲望精华游"包含有哪些内容。首先导游就来头不小,不是设计师就是时尚圈内人士。他们不仅为你安排个性化行程,而且还会为你提供个人造型服务。接着还可以前往 Carrie 经常去的城内餐厅用餐,到 Carrie 最爱的小店扫货,在 Soho 俱乐部举办个人派对,参加 Jimmy Choo 旗舰店的鸡尾酒会。另外还包括由时尚摄影师为你拍摄硬照,以及在设计师指导下发挥自己在服装设计上的才华,等等。的确是一趟相当梦幻的纽约之旅。

这个牌子大家应该不会太陌生吧！Jimmy Choo 也是 Carrie 最喜欢的女鞋品牌之一，每双鞋售价介于400美金到1200美金之间。这是 Jimmy Choo 位于曼哈顿第5街 Olympic Tower 的门店。

昨天收到纽约一位朋友的短信，他刚刚从《欲望城市》传媒看片会回来。他对这部电影的评价是：对纽约女性生活的描述非常"不真实"（我稍微吃了一惊），不过为了平均2分钟一换的时尚服装，他不得不承认自己还是被《欲望城市》迷住了。

对于我们这些路人来说，无论纽约还是欲望城市都寄托着超脱现实的梦幻感，一切都是朦胧的，浅尝辄止而已。只有在那里真正生活过才能体会到这座城市拥有的全部意义吧。👠A

三人之行无忠诚

文__西闪

法国不是美国，一直以来有着对政治人物的私生活保持沉默的传统。这可能是因为法国是一个天主教国家，而美国的清教徒传统更为强大。何况，法国人自己的私生活还忙活不过来，哪里还有精力关心政客的床笫事？所以，当年克林顿不过一个莱温斯基就差点跌下悬崖，而密特朗与希拉克几乎公开进行的追女比赛，法国人却显得无动于衷。但是萨科齐改变了一切。自他做了法国总统，对于法国人来讲，爱情就不再是一桩私事儿。

不过在经历了接二连三的强刺激后，看热闹的法国人很快厌倦了，他们纷纷从自家的阳台退回到家中继续自己的缠绵。与之相应的，萨科齐的支持率也随之下跌了——毕竟老盯着一个男人裤裆可不是法兰西文明的精髓。

但这却可能是英格兰文明的一部分。日前，萨科齐访问英国，提出

英法之间要建立"兄弟关系"。没想到英国人不买账，竟将萨科齐新夫人布吕尼的裸照登上各小报的头条。也真是奇怪，同样是绯闻，在法国人那里是浪漫，在英国人那里就成了家丑——别看现在的英国人说起戴安娜一脸忧伤，当年可是他们毁掉了英格兰玫瑰。

为什么英国人要在萨科齐访问期间羞辱他？一个词：嫉妒。

首先是萨科齐表达爱的方式让英国人嫉妒。当年戴安娜遭英伦媒体摧残，就是因为此媛举止大胆，至情至性。不是英国人不爱戴妃，实在是爱得刻骨爱得锥心。可惜每个英国人的骨子里都是查尔斯，相较于爱情，他们更在乎形式上的忠诚。也就是说，相较于爱，他们更擅长嫉妒。所以当萨科齐在英国议院演讲时，刻板的英国人简直被法国式的爱击溃了。有人惊呼："他爱我们！他崇拜我们！他尊敬我们！听萨科齐的演讲就像被高压水龙头喷溅出的发泡奶油淹没。"老成持重的英国议员甚至觉得法国人的爱让他们有些难为情。一个议员说："你听见他今天说的吗？他对英国的态度完全过头了——他可能只会对卡拉（布吕尼）那样说话。"这些英国人，他们真是不知道爱情的滋味。

与其说萨科齐给爱情注入了新的活力，不如说他对爱情的定义进行了一番解构。起码，他的言辞举止都证明，忠诚不再是爱情的一部分了。要知道，此君在与他的第三任妻子举行婚礼的当天还能发短信给前妻（第二任），说只要前妻答应，他就立马取消婚礼。而新任妻子年届四十，多年来鏖战情场，可不是当年戴安娜那样的纯情女子。在她的情史中，不乏政治家、资本家，也有演员和摇滚明星。

法国人写了一本书讲述总统的艳史，名字叫《卡拉与尼古拉斯：一段危险关系的编年史》。作者试图用男人、女人以及前妻之间的关系来概括萨科齐的爱情。在我看来，这种概括还是过于陈腐。至少，萨科齐

将人们心照不宣的禁忌打破了：忠诚不再是爱情里的事。爱情只意味着更多的激情，更多的性。

可以这么说，萨科齐将传统婚姻送上了不归之路。有人在猜测，他与布吕尼的婚姻能维持多久，那是杞人忧天了——这让我想起苏菲·玛索的电影《我决定留下来》（Je reste!）。故事讲述一个女人因为老公迷恋自行车运动，寂寞中爱上了一个剧作家别人。而老公在得知妻子外遇后竟与剧作家成为朋友，继而上演一档"三人行"。普通人可能无法理解，一旦从政治角度来审视就会明白，放弃忠诚，就是摆脱旧秩序。因而萨科齐之后的婚姻，从本质上讲，统统都是3P，不存在婚姻破裂之虞。

不由得联想到萨科齐访英之前所说的话。他说希望英法的兄弟关系"如同手套里的手"那样密切。这真是一个令我既惊奇又好笑的比喻。在西方，手套之喻往往意指性事，萨科齐竟用它来形容兄弟关系，简直匪夷所思。不过再想到萨科齐之"本性"，又觉情理中事。只愿那些善妒的英国人能了解，在国际政治的格局下，忠诚也是无聊之物。昨日法国与德国是欧洲轴心，今日英国与法国要做血肉兄弟，这不是传统政治，而是性。 ♪A

人生狗血戏，你演不演？

文__庄雅婷

文艺青年是这个世界上最善于欺骗自己的物种。在他们眼里，人生中那些不可避免的不堪都可以通过诗化变成充满了情趣以及无数暗涌情怀的骚动，就好像模糊了焦距的镜头，后面的人颇为朦胧美，看不见眼袋雀斑以及皱纹。对不起，我太刻薄了。不过我决定话糙理不糙的做一出人生八点档狗血剧的编剧。

毫无疑问，《我决定留下来》这部电影是一部大闷片，闷到一如我们凋敝枯燥的日常生活和婚姻生活。在这种电影里，您能看到什么？是那种真实的生活的闷？还是爱情世界里的荒芜和无趣——连出轨都可以这么枯燥的表达的时候，还，就真觉得生无可恋了呢。或者，您可以看到法式"想得开"的浪漫情怀？我在看另一部《黑色星期天》的时候就琢磨过，外国人还真是心眼子大啊，出轨都不算个事儿，三人行也不算太拧巴，这真够有境界的！咱们看看自己，因为身边男人接了个姑娘的电话就闹小脾气，这也太那什么了！

　　不过，闷片就是因为它太闷，所以反而容易看穿事物本质。假如，这个故事是中国版；假如，把女主角换成男的。那么，这是一部什么样的狗血电影呢？

　　故事是这样的：一女的，她老公还满宠着她的，什么要求都满足，她爱干什么爱去哪里，他都默默的跟着，从来也不说什么牢骚话儿。然后就觉得日子过得还挺没劲的。突然，有一天，认识了一姑娘，那姑娘生动活泼团结紧张的，总之就是跟一个挺HIGH的小三儿之间的种种故事吧。原配不光没急，还跟小三儿保持了良好的互动关系，没准私下还交流一下如何挽回或夺走他的心这样的话题讨论。最后，老公还是决定不离婚不私奔了，留下来跟老婆好好过日子。假如是中国男版，就是这样的一个故事，在无数情感论坛上见过的"老公出轨但回归记"以及"我是如何挽回了他的心"之原配卫冕胜利版。所以，这个故事告诉我们：一、出轨跟爱情无关，小三儿其实不过是枯燥平淡的婚姻生活的调剂品。二、相比法国的女权社会，咱们中国的男权社会，出轨的一方往往才是决定一个家庭存亡的关键。悬崖勒马的回归家庭被对方视为自己魅力以及其他附加的综合博弈胜利，而再没人计较婚姻的责任，背叛的追究，以及，很久很久没人再提的"乃敢与君绝"的勇气。还，就真是有点绝望。

这样的电影倒是可以降降肝火，因为日后大伙也就都明白了，原来出轨是日常生活的调剂。以后再见大婆跟二奶摊牌倒可能是稀奇了，更多的是请回家去一起玩耍，完了之后大家该干嘛干嘛。倒是有种戏剧化的喜感以及皆大欢喜的其乐融融。用句意识形态的话就是"没有原则的缓和了阶级矛盾"。可其实，能怎么样呢？连现实中的出轨男人都要想想家庭、名声、孩子、财产损失度来决定是否留下还是彻底走开，何况电影里的女主角。失去婚姻最大的成本不仅仅是物质损失，更是将自己前半辈子的某段人生抹杀成空白，尤其是——在一定程度下，婚姻生活，跟谁过都是一样的。那些由浓转淡，那些激情到亲情，那些一成不变的岁月，等等等等。所以，有的人很早以前就明白并接受了这种必然的无奈，有些人认为这才是真的幸福，而有些人，无聊得决定演一出八点档人生狗血肥皂剧。那么，你要不要演？

对于婚姻，一向以来，我的看法是：那是两个人在人生岁月中达成共识的、类似同谋共犯一样的感情，那是你愿意将自己的命运与某个人从此联系起来的选择。所以，就像《大话西游》的悟空一样，再拧巴再颓，等你明白其中关键的时候，悟空，你是会回来陪演一场狗血戏的。🅰A

日出之前——记电影《阳光小美女》

文＿覃鑫

> 这明明是一出喜剧，我却看得泪流满面。
>
> ——题记

成功，人人都在追逐，但怎样的人生才算是成功？

Hoove家族一心想成为飞行员的大儿子说，人生就是一场又一场的选美。没错，也许我们想得到的不过就是选美台下人们艳羡的目光、雷鸣的掌声、兴奋的惊叹，以及在这些其中我们所感受到的内心的快感。

我从未见过这样"一败到底"的家庭——爷爷是二战老兵，终日只懂得吸毒、看黄色书刊、满口下流脏话；父亲一心要将自己的"成功九步"推销给世人；事业失败的母亲，只能靠吸烟抱怨来发泄心中的沉闷；舅舅，号称美国普鲁斯特第一研究者，却是个同性恋，在失恋、失业双重打击下抑郁自杀未遂；为了考上空军学校，与母亲怄气整整九个月不曾张嘴说话的儿子……失望，甚至是绝望的黑雾，徘徊在这个家庭的上空。他们唯一的阳光，来自那个胖乎乎、戴着大方框眼镜、天真无邪、一心想成为选美冠军的小小女孩Olive，为了送她到加州参加阳光小姐比赛，Hoove一家开着一辆老爷车驶上了洲际公路。

离成功如此接近，却从未得到过成功的光环，这是一种何其沉重的乏力感。Hoove一家就像是挥舞着蜡翅膀飞向火热太阳的伊卡洛斯，却忘了父亲的叮嘱："我的儿子，要永远在中间飞行。飞得太低，就会被大海沾湿羽毛，如果飞得太高，我们的羽毛将被太阳点燃。"于是他们一次又一次地被烈日灼伤。

Hoover爷爷在旅途中吸食毒品过量死去；Hoover先生在旅途中得到他的"成功九步"被书商弃用；舅舅在加油站买黄色书刊时遇到了自己曾经的爱人和情敌；Dwayne无意发现自己是色盲不能当飞行员……加州"阳光小姐"比赛的宾馆是他们旅途终点所在，让Olive成为阳光小姐是他们最后的希望。我也以为在影片的最后，Olive理所当然应该"麻雀变凤凰"，然而我错了，爷爷教授给Olive的舞步居然是低俗不堪的脱衣舞！看到一个八九岁的小女孩在舞台上可笑的"卖弄风骚"，我心中一阵紧蹙，眼泪滑落——Hoover一家所追寻的太阳到底在哪里？

Hoover一家其实拥有成为幸福家庭的潜力——他们家庭完整、有着健康的一双儿女。但他们都专注于对自我成功的追求，认为没有其他人可以理解自己内心的不安与焦虑。他们却忘了，其实自己就可以成为独一无二的太阳——一个虽然没有夺目光辉，却能给身边家人带来温暖的爱的太阳。

影片的最后，Olive被告知她永远都不能参加加州的任何选美大赛，Hoover一家洒脱地说："我想我们没有这个也能活下去。"他们跳上那辆在旅途中已经变得破旧不堪的黄色老爷车，冲破栅栏，在傍晚的晚霞下，快乐的走上的归途。虽然太阳即将落下，我却看到了另一个太阳，即将冲破黑夜的流云，缓缓升起。

日出之前，让我们静静等待。　🔊A

///一直误会石田衣良的《池袋西口公园》不过是部想象加虚构的青春文学，直到我见到一位旅居日本的朋友，聊过后，方知《池袋西口公园》的写实与真实的残忍。

春秋 青春の街头物语

文＿春秋

池袋，日本东京的红灯区场所，虽远不及银座的华丽、六本木的洋气、涩谷的时髦，但是恐怕只有在池袋，才能看到青涩的少年脸。

在这个颇为土气的三流情色地，街头飘荡着两眼明媚却无神的日本少年。他们是会只为了一碗拉面就与陌生男人在情侣旅店过夜的高中女学生，或是无厘头的简单争吵就动手见刀的青葱少年。在日本，这些情景早已不再是石田衣良笔下的虚构世界，而是真真切切、实实在在的社会写照与青春残酷物语。

石田衣良，被称作"作家贵公子"。据说，他在7岁的时候就想当作家。成名前，石田衣良在其他行业也转了几圈，做过地下铁工人、保安、仓库管理、广告文案等。直到石田衣良37岁，他开始写小说。

一出手，石田衣良就展现了自己的才华。他的第一部作品就获得了

"ALL读物推理小说新人奖"的副赏；第二部作品获得日本最具权威的大众小说奖"直木赏"。至此，石田衣良开始了他的作家生涯。在石田衣良得到"直木赏"后，日本文学评论家给他一个响亮的称号——"现代感觉的妙手"，并以此称号为他做了一个特辑。作家曾志成则称呼他为"作家贵公子"，日本读者更把他当成日本文坛的"裴勇俊"。石田衣良作品涉及的题材范围很广，其中包括青少年犯罪小说、经济犯罪悬疑小说、情欲小说、爱情小说等等。《池袋西口公园》可以说是石田衣良写青少年犯罪题材的代表作。

这部写实又充满刺激的小说推出不久后，立刻被改编为电视连续剧，并在日本电视台取得了不俗的收视率。

上个世纪90年代的日本，经济陷入不景气，这使得许多青年看不到生活的希望。《池袋西口公园》中的真岛诚、猴子、京一……就是这样的一批年轻人。他们经历过家庭暴力、校园暴力、神经失调、援交、吸毒、卖淫、非法外劳，几乎每个人都有极为不快的经历和心灵创伤。这群青年的交往要么因为同病相怜，要么因为联合抵抗，在太阳光芒照射不到的角落，他们结下深厚的友谊。在秩序井然的正常社会之外，这群在池袋游荡的少年按照自己为人处世的行为准则倔强地生活。

《池袋西口公园》由四个故事构成："池袋西口公园"、"幽灵旅行车"、"绿洲的亲密爱人"以及"太阳通内战"。四个故事看似独立实则相互关联，石田衣良并没有以撒狗血式的情感开陈铺述，代之的是他温婉的笔调与细腻的情感。水果店的真岛诚，嫉恶如仇，专门接管弱者以及少年间的问题。"真岛诚总能在池袋的天空、空气中嗅出特别的气氛，在街头看似平凡的动静中发现暗涌的暴力之浪，谓之池袋神经末梢的悸动。"

在真岛诚游移的池袋街头，如他一般的少年在日本社会已经形成了街头的流浪一族。这些年轻人"没有可以尊敬的对象"，"身旁又没有可以称作模范的大人"，而且"大人还剥夺他们的梦想"。但是在街头，有为了他们"准备的偶像和友情"。在街头，有"被他人需要的充实感"，"有被朋友欢迎的喜悦"，也有他们"所缺少的规律和训练"。他们"集众人之力一同去寻找现在社会上得不到的东西"。暴力，便成为达到目的的手段。在小说的第四个故事"太阳通内战"中，蓝色G少年与红色天使之间不断的街头暴力事件让整部小说呈现出鲜红色。

在日本，少年犯罪的问题日益受到关注，尤其是对没来由的暴力深感惊恐。正如让·波德里亚在《消费社会——神话和结构》中所说：暴力与丰盛社会乃同源兄弟，一起并驾而生。一般人以为追求丰盛是人的天性，但现实是要适应丰盛的生活并不容易，否则丰盛社会便不会有那么多恶存在。事实上，丰盛社会对人的制约远较原始社会苛刻。因而丰盛社会意味着束缚多于自由。假若如是，则暴力便可自圆其说，且合乎逻辑了。这样，暴力以及类似的消极破坏形式，恰恰也是对丰盛社会的拒绝表现。所以暴力行径当然是青春叛逆的标识之一，但与此同时它针对的也是本质暧昧的丰盛社会本身。

不过，石田良衣并没有让真岛诚这群少年在黑暗中沉沦。随着小说内容的不断推进，这些混迹街头的孩子甚至开始帮助有困难的人，这其中包括老人、残障人士、儿童等。故事在保持灰黑色的基调时，不忘偶尔挑染几缕明快的色彩，这也使故事多了几分人性的味道。在这个充满着可能危机的池袋，真岛诚邀请大家"来池袋看看"，刚开始或许需要一点勇气，才能松开领带和制服的领子坐在路边东张西望，但是一旦这样做了，"一定可以发现你以往没有注意到的世界"。

街头，是这一群孩子的青春物语，也是他们展现自我的舞台，更是一所严格的学校。他们"在那里争执、受伤、学习、获得一点点成长"。

"街头物语永远不会结束。" ♪A

影像 无法到达的另一边

文__蓝色zippo

1961年，向往着去挣大钱的6800名土耳其人，乘专列来到了联邦德国的慕尼黑，接受德国工厂的挑选，然后分别去往不同的德国城市开始打工生涯。按照这一年的"德国劳务市场向土耳其招聘劳动力协议"，他们应当在两年后结束合同乖乖回国，但实际情况是，这批土耳其劳工按期返回者寥寥，他们的亲属则是拖家带口来到这片陌生的土地上与亲人团聚。从伊斯坦布尔发往德国的列车渐渐从每周两列变成了每天一列，眨眼40年过去，经历过两德统一后的又一次土耳其劳工大规模迁入，在德国的土耳其人已经超过了300万，在土耳其国内被视为政治异己的库尔德人中的一部分，也乘着移民的东风开始在德国扎根。而这些移民的后代中，已经有近50万人加入了德国国籍。

尽管德国的土耳其人或土耳其裔在社会中的整体地位类似中国大城市里进城务工的非城市人口，与德国的主流文化和生活方式存在着各种冲突，但年轻一代的土耳其人已经适应了这个新的生存环境，开始融入

114

当地社会并在一些领域崭露头角。费斯·阿金（Fatih Akin）就是这些"二代移民"中间的杰出代表，生于1973年的他早已是德国年轻一代导演当仁不让的领军人物。以一部反映德籍土耳其人生活的《勇往直前》摘得2004年的柏林金熊奖后，在嘎纳的花甲之年，他又带着这部《在人生的另一边》来到了克鲁泽瓦特大街，不负众望地烹出了一部更出彩的同主题心灵鸡汤。

按照《圣经》里的典故，人类因为建造巴别塔被上帝惩罚，操着各种不同的语言，不能互相沟通。但人类脑子里想的东西终究有共性，比如：我从哪里来？要到哪里去？归属感和认同感并不是在单一文化背景下受尽颠沛流离之苦的中国人特有的情愫，它隐忍于世界上所有迁徙者的内心，每当生活在新的环境里安定下来后便会跳出来拷问人类。费斯·阿金恐怕也是被这个问题困扰的人之一，所以他为片中的主角之一纳杰特（Nejat）设定的一个略微有些绕口的身份——德籍土耳其裔德文教授，他在德国汉堡工作，而这里又是欧洲几大土耳其人聚居的城市之一，土耳其烤肉与麦当劳是这个城市随处可见的东西。

费斯·阿金善于在剧本中编织复杂的线索和人物关系，《在人生的另一边》里，他的这种能力几乎发挥到了极至：一对土耳其母女，一对德国籍土耳其移民父子，一对德国母女，这种设定仿佛就是天生把事物分为两面，又在两面中间寻找一个中间点。两个国家，两代人，三个家庭，三个城市，六个角色环环相扣，在不同的时空里偶然相遇，却又不知道对方就是自己故事里残缺的部分。

故事的开端从纳杰特那个人老心不老的鳏夫父亲阿里（Ali）开始，这个土耳其老一代移民，虽然享受着德国的福利在不莱梅颐享天年，却非常希望有个老伴以免受孤独之苦。他异想天开地用一个月3000欧元包下来自土耳其的妓女晔特（Yeter），却招致在汉堡教书的儿子的反感。

后来阿里的一次住院，使纳杰特开始了解了晔特的另一面：一无所长的她来德国做皮肉生意，只是为了让在土耳其的女儿可以读书，摆脱贫穷过上体面的生活。儿子对晔特的同情却被病愈的阿里误解成两人有染，老头一个巴掌误杀了晔特，也失去了儿子的尊重与信任。纳杰特怀着复杂的情绪回到伊斯坦布尔，盘下了一家小小的德文书店，准备寻找到晔特的女儿艾塔（Ayten），继续资助她完成学业，完成亡者的心愿。

然而纳杰特始料未及的是，他直到最后也没有找到艾塔，因为这个女孩作为土耳其政治激进组织的一员，早在晔特来到纳杰特家时就因为在游行中有预谋地袭警而开始了"流亡"，她化名"巫尔"偷渡到德国汉堡，然后到不莱梅拿着地图找遍了这个城市的鞋店（晔特一直说自己在卖鞋），也没有找到母亲。因为还不上100欧元，她被"同志"抛弃，走投无路时在纳杰特任职的大学里认识了德国女孩洛特（Lotte），两人一见如故，操着半生不熟的英文交流。就像《我在伊朗长大》里的Marjane在欧洲只能融入边缘人群一样，洛特能接受"巫尔"，也是因为她爱上了她。不顾母亲苏珊娜（Susanne）的不快，洛特把艾塔带到家里居住，但假护照毕竟是纸里包不住的火，艾塔被警方逮捕，即使洛特一家用了一年的时间为她申请政治庇护，也没有阻止她被遣送回土耳其蹲监狱的命运。洛特只身来到异乡，继续为解救心上人而努力，租了纳杰特的屋子呆了几个月后，却在帮艾塔转移那支在袭警后夺来的手枪时命丧黄泉，阴差阳错死在了一个街头流浪的库尔德孩子的手里。而直到此时，由于洛特的守口如瓶，纳杰特仍然不知道自己的房客要解救的人其实与自己寻找的人是同一个。

在第三个小节"人生边缘"的开头，还以为导演已经准备开始为故事的结局收网，让里面的人物开始慢慢了解事情的真相——监禁期满的阿里失去了留在德国的资格被遣送回土耳其，与苏珊娜老太太乘着同一

116

班飞机在伊斯坦布尔落地，擦着肩膀走出了机场；但后来才发现导演似乎根本没有将几家人的遭遇缝合在一起的念头：阿里连儿子的面都没见就选择了回老家布拉特宗（乡下），苏珊娜则找到了纳杰特想拿回女儿的遗物。老太太在悲恸中翻看女儿的日记，恍惚看到了自己年轻时的影子，遂决定继续女儿的努力，将艾塔解救出来；在另一边，艾塔在狱中得知洛特因为自己死于非命，伤心悔恨不已，于苏珊娜探监之后，放弃了自己的政治主张，主动向警方悔过，得到了保释。就在艾塔重获自由的前一天，纳杰特放弃了寻找艾塔的希望，在书店的启事栏里撕下了晔特的照片。这一晚苏珊娜与纳杰特彻夜长谈，其间的一段话深深触动了纳杰特，他拜托老太太帮忙照顾几天书店，自己则驾车赶回故乡去找父亲。次日，苏珊娜在书店里像拥抱着自己的女儿一样将艾塔拥入怀抱中之时，纳杰特则静静地坐在了沙滩上，等待着出海的父亲钓鱼回来。

这是一部没有高潮的电影，有的人甚至觉得它有着纪录片的影子。导演不动声色体现在他对每个情节、每个镜头的一视同仁。无论是矛盾激化的情节，还是可以煽情的场面，无论是痛哭，还是落寞，是团聚，还是死亡，他都没有更多的停留。尽管影片胃口很大，到处都是纷繁芜杂的信息，但随着情节的推进，种种冲突、矛盾、对立与隔阂都被人与人之间的宽容自然而然地溶解。有人觉得它之所以拿下了嘎纳的最佳编剧完全是因为迎合了欧洲主流意识形态，做到了"政治正确"——但是，难道这种建立在人性的普世价值之上的"正确"有错吗？移民带来的种种问题，答案远非"是"或"否"的二元对立那么简单，所以不可能靠纯政治的手段去粗暴解决——这正是费斯·阿金的高明之处：抛开复杂的表面，寻求人性中相通的一面，存异求同，唯有宽容，才是问题的解决之道。

导演把自己的观点隐藏在影片的最后，用苏珊娜与纳杰特长谈中的

一段小故事表现出来，这段故事在《古兰经》和《圣经》都有着自己的版本，但情节却非常类似：易卜拉辛（亚伯拉罕）是真主（上帝）的忠实信徒，真主（上帝）要他献出自己的儿子以实玛利（以撒）作为祭祀，他毫不犹豫地就献出来。纳杰特回忆道："我小时候，特别惧怕这个故事。我曾问父亲，他是否会因为真主而牺牲我。你知道，我自幼丧母，我怕父亲的答复。但是父亲说，'我宁愿与真主为敌，也不愿失去儿子。'"就像前面调侃的那样，即使人类信仰着不同的神灵，那么神旨里也存在着撞车之处，如果人类想要违抗神旨，那么动机也不会有什么两样。一代人与下一代人是这样，一族人与另一族人也是这样。

影片中艾塔因为洛特的死放弃自己的政治立场也是一个值得玩味的细节，与纳杰特讲课时阐述的歌德对待革命的态度互相暗合——"有谁愿意欣赏冬日里绽放的玫瑰？"在一个没有战争的社会里，为了改善一部分个体的生活却让另外一部分个体付出生命，这个看似无比正确的理由，前提却是人的对立，当死去的人是自己的挚友或爱人，那种痛彻心肺，真的无法忽略。在影片第二节里，艾塔理直气壮地要求人权，要求平等，抵制欧盟东扩，抵制全球化，全然没有她后面的眼泪更有说服力和震撼力。

除了故事所延伸出的电影命题外，错综复杂的人物关系，细腻而温和的情感描绘，命运的取舍与微妙的牵引，都多少有些出乎预料。任何一个微小的不安定因素甚至是一句不经意的台词，都成为了推进影片情节的伏笔（比如枪、流浪的库尔德孩子）。片中每个人与自己完整的故事、与自己寻找的真相都只隔了一层纸，他们在积极或消极地寻找人生的另一面时，其实已经把这个人生的段落串联完整，只是当局者迷。而遗憾和不可预知正是人生最吸引人之处，就像艾塔在寻找母亲时不知道母亲就在自己头上的轻轨列车里，就像纳杰特讲课时不知道趴在自己眼

皮底下打盹的女孩就是自己后面一直要寻找的人，我们看到了晔特的棺材在伊斯坦布尔机场从传送带上卸下，却想不到接下来这个传送带还要把洛特的棺材装上飞机。

就像片子的开放式结尾，人生还在继续，我们依旧无法想像着后面还会发生什么，如果你也为寻找人生另一边的故事而劳累，那么不如也像纳杰特一样一屁股坐在沙滩上，面对大海，且听风吟，休息，休息一下。　♪A

擦声而过 环游世界50分钟

文＿尖儿

先允许我简述一下在这趟旅行中你将看到怎样的风景：斯堪地那维亚半岛式民谣的清甜，英式摇滚的闷骚诱惑，日本电音流行的小摩登和小俏皮，法国香颂的浪漫情怀，Bossa Nova的随风律动，美式乡村的泥土清香……听起来是不是有那么点环游地球的意思？

旅行团是由5个腼腆的大男生组成的乐队，2005年签约摩登天空，今年5月8日发行了首张专辑《来福胶泥》。除了后来加入的鼓手段然是个北京孩子之外，乐队其他四名成员都来自广西柳州——这个出处对他们的音乐有直接影响。旅行团不像北京的那些土著乐队——先不管音乐怎么样呢，天生就得带着莫名其妙的优越感。相比之下，旅行团很谦卑，谦卑的甚至让人觉得他们不够自信、不够大气。还是爱幻想的孩子吧，带着入世未深便早早出世的小情调，和谁都不争，看谁都顺眼，一心沉浸在自己虚构的音乐田园间，那里有阳光有快乐，很清新很松弛。

120

121

　　熟悉摩登天空的人不难听出，旅行团是一支带着标准摩登天空气质的乐队：不死磕，不拧巴，摩登气质，旋律本位。乐队的首张专辑中《来福胶泥》即是围绕以上四个关键词展开的。无论从主唱孔阳那头列侬式的马桶盖发型，还是设计成"黄色潜水艇"式的甲壳虫小汽车插画封面，以及专辑名称"来福胶泥"（实际上是乐队英文名字"Life journey"的音译），都可以感觉到旅行团的几个小伙子对Beatles的喜爱与崇拜几乎到了无以复加的地步。

　　毫无疑问，旅行团将成为广大旋律控乐迷的心头好。整张专辑13首作品展示了旅行团在编曲方面不俗的造诣，没有出现任何弦外之音，对于一支新乐队来说，这实在是难能可贵的。《Intro》以一段汽车发动机声响的采样展开了整个旅程的序幕，接下来，吉他、键盘、鼓一个个入画，顿时仿佛有一个画外音响起：让我们离开这里吧。专辑主打歌《回到巴巴拉拉的城堡》和《Intro》无缝衔接，随着主唱孔阳一阵随意悠哉的"BALABALA"（"BALABALA"是这张专辑的高频词汇），此次旅程的第一站，"巴巴拉拉的城堡"到站。这是一支很有J-POP风骨的作品，灵动的电音小碎拍嵌在背景中，一路欢快的小跑，让人不由自主就高兴起来；第4首歌《罗马假日》的编曲走向和《回到巴巴拉拉的城堡》大致相同，不同在于合成器音色被推入了前景，营造出了节奏更为明快的电音Swing；接下来则是安静简单的弹唱时间：《My Desert》用一把箱琴和零星的钢琴片段将孔阳清冽、水灵的嗓音完美展现；以一段合成器模拟的发条八音盒音效开始，相当细腻、感性《Panda》缓缓入画——个人感觉这是整张专辑中最具乐队独白色彩的一首歌："不要打扰那一片宁静/没必要解开一切秘密/让他们永远把歌唱下去/世界需要不同的声音"。在如今这个越来越多人都过早丧失了童贞的年代，旅行团用音乐赋予了自己寻找"离开"和"回归"的权利。

　　在6月13号乐队专辑首发的现场，在唱《稻田间》之前，孔阳说，"想家的时候，我都会唱这首歌。"据说这是乐队在柳州创作的最后一首歌曲，其中弥漫着南方特有的那种挥之不去的水气、难以名状的忧郁、以及梦一般的绿色；接下来的《全世界都在水里游》是专辑中非常出彩的一首作品，延续了上首歌的水气，只不过忧愁不在，巧用合成器营造了满是气泡的海底世界氛围，中段加入的女声吟唱十分惊艳，使整个音景更为丰满而立体。之后的《Dog Dog Dogs》用到了一点Blues原理，是专辑中唯一一首带有戏谑、宣泄色彩的作品；《Lonely Day》为整张专辑做了一个充满Bossa Nova风情的ending，整个画面就好像定格在月光下好大的一块草地上，大家笑着互道"Goodbye tonight"，本此旅行到此结束。　♪A

豪"宅"岁月

文__大仙

最近比较宅，比较宅，比较宅，总觉得心态变得有一些狭隘，我想我还是不习惯，从夜夜笙歌到面壁发呆。

金锁已沉埋，壮气蒿莱！晚凉天净月华开，想得玉楼琼殿影，空照朝外。那一晚，我从朝外直奔建外，从建外去了崇外，从崇外崇洋媚外差点儿去了海外，最后哪都不去了，就去大宅门，在大宅门撮顿饭，开始宅。

在三里屯同里，在三点三周边，我连混四宿，必须宅，绝逼宅！全球进入宅年华，生活进入宅时代，为了不给北京奥运会平添障碍，我宅，不是一般的宅，而是狂宅、豪宅！豪情宅男，在对多情宅女，暗中期待，什么情况，怎么安排？

为了豪宅岁月，狂宅气派，我特意写了一首七言不律诗，诗曰：一进宅门深似海，千树万树梨花开。正当微风起幽燕，更托残梦访蓬莱。红尘袅袅度红霞，青衫缕缕染青苔。不问苍生问大仙，道是我宅故我在。

奥运期间，你不便出门，出门有诸多不便，多出一回门就给奥运多添一次堵，还是别出了，我劝你。在家的人肯定比出门的人多，那就宅呗，大家一起宅！备好酒，上网聊天，MSN和QQ，可劲儿聊，把人生聊透了，就不信一个破人生都聊不透。

我会在线组织大家网喝，就是在网上边喝边聊，我从05年就开始网喝，跟加拿大每个城市的女网友都网喝过，当然是华人女网友。网喝的时候，我可以给你们讲段子、聊八卦、背诵诺贝尔获奖诗人的诗歌，还可以给那些女网友在MSN上即兴写情诗。当然，奥运咱也不能不关注，毕竟千年等一回，百年都不遇，我是一名优秀的体育记者，我报道过所有的奥运项目，连中国的国粹麻将和弹球我都采访过。我可以在线解说奥运会的比赛，中国的体育记者中，有两个是全才的，一个是韩乔生，另一个就是我。1992年巴塞罗那奥运会之前，我写了一个两万字的整个奥运预测，对了70%。

当然，也有很多不喜欢体育的，那就来看我的博客，我有21个博客，现在只写四个。首先要看我鲜花村的博客，必须的，那是我用最短的汉语写出的最好玩的事儿。其它还有新浪、搜狐、sohoxiaobao，看完我这四个博客，你就更不想出门了，坚决宅彻底宅了，不宅都对不起我的文字。出门看见的能有我博客里看见的好玩吗？没有，它不是百科全书，也接近九十科全书了。我的文字，基本管你一生。靠，这可不是我说的，博客女青年——女博青说的。

在奥运豪宅期间，来混我的博客吧，大仙文字将伴你度过八月之光。我涉猎广泛，将为你写下——诗歌、小说、散文、随笔、杂文、小品、散文诗、报告文学、相声、快板、歌词、话剧、电影、电视电影、电视剧；诗歌还可以分自由诗、格律诗、抒情诗、叙事诗、打油诗、梨花诗，画配诗；格律诗还可分骚体、赋体、律体、词牌、曲牌，外国还有十四行体，这我都擅长啊！

我干过新闻，开过专栏，将为你写下——时评、文评、诗评、娱评、乐评、画评、剧评、影评、戏评、舞评、书评、球评；亦可写政论、悖论、正论、反论、歪论、错论；还可写通讯、特写、调查、消息、读者来信、编者按、编后感、软广告、有偿新闻；我是干体育新闻出身的，除足球外，还写过篮球、排球、冰球、手球、水球、棒球、垒球、曲棍球、乒乓球、羽毛球、网球、台球、保龄球、壁球、藤球、铅球、弹球；还写过田径、游泳、体操、举重、射击、射箭、击剑、柔道、

拳击、摔跤、赛艇、皮划艇、帆船、自行车、跆拳道、花样游泳；还写过短道速滑、大道速滑、花样滑冰、越野滑雪、高山滑雪、高台跳雪、现代冬季两项；还写过武术、跳伞、潜水、技巧、相扑、空手道、卡巴迪、滑水、登山、摩托车、F1、航空模型、航海模型、钓鱼、悬崖勒马和悬崖跳水；还写过桥牌、围棋、国际象棋、中国象棋、五子棋、麻将；还玩过并写过陆战棋、四国军棋、海战棋、海陆空战棋、跳棋、飞行棋、斗兽棋、康乐棋、锄大地、斗地主、跑得快、诈金花、拉耗子、捉黑叉、十点半、拱猪、升级、憋七、塞缝。

我还比较爱好宗教、禅宗、神话、哲学、美学、心理学、生理学、伦理学、天文、地理、历史、军事、星座、血型、美食、养生、收藏、购物；我还比较喜欢浪漫、高雅、古典、崩溃、颓废、惟美、虚无、飘逸、怀旧、前卫、另类、简约、朴素、奢华——我的文笔中都将汹涌着这些理念、焕发着这些素质，巴金跟我比起来，文笔怎么能不差呢？

我混过美国、英国、法国、德国、俄罗斯、白俄罗斯、意大利、奥地利、比利时、瑞典、芬兰、波兰、葡萄牙、卢森堡、圣马利诺、日本、韩国、泰国、马来西亚、黎巴嫩、埃及；混过三里屯、朝阳公园、后海、星吧路、798、国际俱乐部旁边、中日友好青年中心对面；认识中产、小资、白领、海归、文青、朋克；经常跟80后、怨妇、拧巴、没谱打交道——这些都是我"奥运宅博客"的鲜活素材。

看完我的博客还有不宅的吗？宅吧，一起来宅，奥运期间，我们豪宅如痴——咱们宅人有力量，嘿，咱们宅人有力量！每天每日上网忙，嘿，每天每日上网忙！结交了宅男宅女，倾吐了侠胆衷肠，改造得人生变呀变了样！　▲A

小宇宙

文＿夏炎

///我曾经极真切地感觉到小宇宙，
感觉到它的爆发，和它消散后一片
空荡荡白茫茫的虚无。

最早我是相信小宇宙的。

不知道跟小孩儿容易相信别人容易接受新事物有没有关系，因为第一次听到"小宇宙"这个词儿是小时候看车田正美的漫画《圣斗士》，当时我小学二年级，是一个标准的小屁孩儿。我捧着一本《圣斗士》，注意力全在被他们打碎的龟裂大地和沙织小姐暴露的服装上，对"小宇宙"这个词儿没怎么注意，也没觉得有什么特别。就是讲人体的潜能呗，那些隐含在五脏六腑中的精神层面的东西。只觉得是说法不同，之前听的一般是说什么每个人心中都有一番自己的天地，什么人平常只能发挥自己能力的百分之三十，剩下百分之七十没地儿使，或类似"胸有成竹"这样儿的词儿。咱们说是有"竹"，人家那边儿说是有"小宇宙"。

当时的小孩儿，对《圣斗士》、《七龙珠》这样儿的故事，基本上都是很当真的，我也不例外。所以，我就可以在这里讲一下我第一次渴望自己爆发小宇宙的情景而不用担心会被人取笑。首先应该是我希望自己很能打，那是一种大部分未成年的雄性都有过的类似的渴望。在某次小学生之间无关痛痒的打闹，我被一个高年级的大孩儿按到地上，怎么使劲儿也动不了。丫骑在我身上，一脸胖翻译官吃饭不给钱的表情对我说："服吗？"我立即怒了，但力不从心。于是我希望自己的小宇宙能赶紧爆发一道，把我体内隐藏的那百分之七十的劲儿全集中在手上，先是一个帽儿拳将骑在我身上的大孩儿打到空中，接着跳到空中一个窝心脚将他踹向地面。他被击向地面后与地板发出猛烈的撞击，地表上迸出许多龟裂的纹路。接着是一个远景，我从躺在那个龟裂大坑中的大孩儿身边走开，画面的右上角显示"2 hits"，二连击。

这是我第一次渴望爆发小宇宙时的情景，无奈的是，我没有悟到小宇宙，我憋了气，我鼓了丹田，我大喊"不服"，我骂了许多脏话我做了很多我觉得能有利于爆发小宇宙的事情，但什么都没发生。

再之后有印象的，是在初中上体育课时。因为中考体育加试有三十分儿之多，所以大家都开始了对自己体能的锻炼。我一千米全班后三名，引体向上最多做仨，立定跳远儿连女生一百分儿的那条线都跳不到。在每天都跑步、绑沙袋跳高和练哑铃都没有进步的情况下，我构思了许多诸如想辙打通任督二脉，练成绝世武功等不着边儿的幼稚想法，爆发小宇宙也是其中之一。当然了，最终均无疾而终。在中考体育加试的那一天，我沐浴更衣净手焚香后站在四中操场上，非常认真地想像着自己体能爆发全取三十分的样子，我甚至让自己的脑海里全是漫画中星矢使出天马流星拳时底图上的宇宙图案。最后我累得跟孙子一样拿着分数登记表离开四中，表上写的是十七点五分，一位老师看我的苦瓜脸觉得有些不忍，给我四舍五入成了十八分。

　　于是我就不相信小宇宙了。

　　我不再渴望什么小宇宙爆发了，就像被人愚弄了一般，我甚至非常确定地对自己说，小宇宙压根儿就不存在，它并不存在于我的内心中，也不存在于这个世界的任何地方。它就是一个漫画里的一个词儿，跟什么天马流星钻石星尘什么的差不多。类似于文人疑古一样，也或者是我岁数到了，总之，我开始觉得这个词儿毫无意义，觉得我童年时许多的真挚都没有意义。对，那已经是我高中的时候了，当时没多少人再看漫画或动画片了。我开始不再想当老师夸奖、同学喜欢的好学生了，我的逆反心理让我想做一个最痞最坏的小孩儿。当时最牛逼的坏孩子干的事儿是劫钱和打群架，次一等的是交女朋友，再次一等的是玩儿电脑看毛片儿抽烟喝酒不写作业什么的，而漫画里的事儿，在青春期没有多少人再提起了。

　　于是，小宇宙就理所当然地伴随所有儿时的记忆，一股脑儿都被推翻了。

　　而我第一次悟到我的小宇宙，却恰恰在那个绝无仅有的青春期。非常讽刺，在我觉得我童年时所有的美好幻想都不会成真的时候，在我高三刚开学的时候，在那个枯黄色青春期的尾巴。

　　我第一次见到她时是在我们学校的那个破食堂，一个号称花了多少多少钱装修过的破二层小楼儿。因为每届校服都不一样，所以我一看到她，就知道她是高二的。

　　那是一次真正意义上的小宇宙爆发，我能感觉到我身体内部酝酿已久的天体碰撞，我的心被来自各个星系的球体震荡着，而这一次宇宙诞生般的万物萌发只是因为我和那女孩儿目光的一次轻轻相触。当时我刚刷完饭盒，一边用舌头在牙床和嘴唇之间剔牙一边走向楼道。猛一抬头，就看到她树立在那里。我们两人的目光如蜻蜓点水般一触后，便立即如同极相斥般的两块磁铁一样迸开。在那一瞬间之前，我不懂爱情，我不知道什么叫永远，不知道在我身体深处还有着一处不为人知的小宇宙。但那一瞬间之后，我知道了我在迷茫着的所有问题的真相，我感觉到了我体内那个需要被另一个人唤醒的星系。我还听一个来自内心的声音在怒问自己，我高二她高一那一整年我怎么就没碰上过她？

　　当然，我掩盖住了我内心小宇宙的爆发。像所有处在青春期的雄性面对自己心仪的雌性时一样，我一脸无所地从她身边擦身而去，头都不回。

　　接下来的几周我像一个最优秀的间谍一样不动声色地打听着她的一切，她的名字，她的学习成绩，她的兴趣爱好，她是骑车来上学还是坐公共汽车来上学，她走哪些路回家，她家住哪儿等一系列。因为当时我非常想做一个合格的坏孩子，所以我不想沉得住气。我想跟身边经常一块儿混的那哥几个有相同的经历，他们都曾在马路上跟不认识的女孩儿搭过讪，要过BP机呼号儿（当时还没普及手机）。这只是一方面，另外一方面是，在我眼中，那些暗恋某个人最后后悔一辈子还自己欺骗自己说是想给自己留个美好回忆的人都很缺心眼儿。为了不当一个自己眼中的缺心眼儿，为了能跟哥们儿有的吹。在骑车尾随她回家几天后，也就是我在食堂遇到她半个月后的某一天，我在她回家的必经之路上截住了她。

"嘿！"我叫道，但她没停车。

"哎，同学。"我跳上我的山地车追上她。

"啊？"她一脸纯洁地望向我，表情仿佛是看到猩猩说人话。

"我老看见你从这儿回家，我也是。你家住哪儿啊？以后没事儿咱们可以一块儿走。"我努力控制着嘴角，想让自己笑得又痞又帅。

她笑了一下，是只有初高中漂亮女生被人搭讪时特有的那种腼腆的笑容，迷得我差点把车骑沟里去。

"你别害怕，咱俩是一学校的，你看这傻逼校服你还看不出来吗？我高三的，比你大一届。"

"嗯，我见过你。"她笑道。

"是吗？"我心花怒放。

"对，高一的时候学校开校会说处分一个高二骂老师的学生，后来我们班同学在操场给我指过你，说那人就是你。"

"嗨，别说骂丫的了，抽丫的心我都有，你们地理老师是还是王郝波吗？你说丫是不是欠骂？"我很是得意，这是我做的著名坏事儿之一，骂老师，多牛掰啊。

她没说话，低头笑了。于是，我就又醉了。

闹市口儿往北通向西四白塔寺的那条破路正在施工，但那天是那么的美。美得不可思议，和谐得令人眩晕，甚至连满脸矫情的路边老太太

的身影，也都在夕阳下被甜蜜地拉长了。我们像特别熟的老朋友一样聊了一路，但主要是我说她听着，我喷她笑。我吹了一下我是多么的牛掰，在哪个学校哪个学校都认识谁谁谁，学校附近的著名社会人士老炮儿老流氓我都认识谁谁谁。她大都不作声只是笑，但我觉得她喜欢我。可能没有像我喜欢她那样深，但肯定也是喜欢我。分手的时候我问她叫什么，虽然我在见到她的第二天就打听到她叫王娜了，但我还是问了她叫什么。她笑了一下，对我说，"王娜"。

我最后一次无比真切地感觉到小宇宙，是在我们一起骑车聊天回家后的第三天。我记不清是几月几号了，我就记得是星期四。从骑车一起回家后的三天里，我每天中午都去王娜她们班找王娜，放学跟她一块儿回家。学校里有人开始说闲话了，这令我非常开心。我觉得这对她来说也是一件挺有面儿的事儿，全学校著名的痞子追她，多有面儿啊？再说了，她也表现的挺愿意跟我在一块儿呆着的样子。

因为她总是笑，不管我说什么，她都笑，而且笑得一点儿都不傻，那笑容如海洋般纯洁，每次她的嘴角一扬，我的骨头就跟着酥了。

那个星期四，我推着车走出校门，准备等王娜出来一块儿回家。我刚一出校门正低头从书包里翻烟，七、八个看上去已经等了一会儿的痞子就围了过来，一个个儿样子都跟我差不多，其中有两个穿着一五九的校服。

"你就是夏炎是吗？"带头儿的一个穿得像HOT组合成员的人对我说。

"怎么了？"我问，这仨字儿刚一说出口就觉得有点儿不对。

第一个动手的不是HOT，是他身边一个长得像情景喜剧《闲人马大

134

姐》里演马大姐她丈夫的一孙子。他一脚踹过来，我将自行车推向同时扑过来的另外几个人，把腰一闪，那一脚擦着我的校服踢了个空。但与此同时HOT伸手揪住了我的头发，这一下儿我没能躲过去，紧接着剩下的几个人扑过来各种拳脚，我都挨了个结结实实。我不准备服软，转身挥了一拳，打中了一个什么人。那人喊了一句"小丫的还手"，接着我右臂似乎是挨了一棍，还没来得及疼就麻得失去了知觉。一个胳膊的我很快就无力招架了，但我铭记着打架绝对不能倒地的名言。直到我右软肋上挨了重重的一下，再也撑不住了。倒地的时候我死命抱住了一个正在踹我的人的腿，和他一起摔倒在地。但很快丫就爬起来了，我却只能接着在地上缩成一团，又是一顿拳脚之后我再也没有了还手的力气，只能护着一些要害，继续挨着各种天马流星踢。

"你丫倒是还手啊？"一个孙子边踹边说。
"孙Z，牛逼咱俩单挑！""孙Z，我就不信你没走单儿的时候！"我想了两句台词，可张开嘴的时候，却清楚地听到自己说："大哥，我错了。"
"听说你丫现在老缠着王娜是吗？"众人停了手，HOT说道。

接着，就是前面提到的我人生截止至目前最后的那次小宇宙爆发了。那爆发伴随王娜的名字一同出现，我当时躺在地上，清楚地感觉到那些混迹于我肺腑间的天体在湮灭。那感觉太真切了，我能非常清晰地辨别出它与我肉体上的疼痛是多么的不同。我在地上翻了个身，想说些什么让我的那帮孙子和围观我挨打的我们学校的学生都不会太瞧不起我的话。但我发现我此时的一切思绪全是关于王娜的，关于那个令我终生铭刻的纯洁而又羞涩的笑容。那笑容在我脑海里仍然心安理得，于是我张开嘴，却无言在了那里，所有关于王娜的千言万语都随着我体内宇宙中的某个星球冲向了数万亿光年外的地方。在那个只属于我自己的小

宇宙里，它们如一颗不会燃尽的慧星般永远地周而复始，而我能够记住的，却只有星系毁灭的戏剧性。

"大哥，真没有。"我累了，说道。

"王娜是我带的，以后你要想泡妞儿，先去打听打听。我也不吹牛逼，你要不服，西四白塔寺，你约地儿。"HOT语气很轻松。

之后我因为挨的这顿打，被退学了。校方的说法是我打架斗殴骂老师抢同学钱社会结交复杂，在校内造成了极差的影响。虽然我妈跟年级主任说如果让我退学就去她们家吊死，但我还是被劝退了。我在家养了几天后去找过一五九当时的头头儿王迅，也找过西四二十岁以下的痞子组里最有面儿的张鑫，我说我让人打了，这事儿不能这么了了。他们帮我打听了一下，说打我的是西四白塔寺的头玩儿三阴儿的弟弟，这事儿不好办。我看没人愿意跟我一块儿约架，就揣着菜刀骑着自行车在西四白塔寺转悠了几天，但没有堵到那孙子。

我也曾回学校找过几次王娜，头两次都没找着，我只是假装没事儿闲的似的在学校里转了转，没有去她们班点名儿道姓地问。因为我其实不知道该怎么面对她，我见了她说什么？问她是不是她找人打的我？问她是不是讨厌我？是不是烦我？问她跟我在一起时她的笑容为什么那样的纯洁？这些纠葛的问题让我看到校门就觉得无地自容，想到她的样子就觉得心灰意冷。

第三次我再回学校的时候，看门儿的老头儿就不让我进了。

去年我结婚了，新娘是前年我在府右街马路上一块儿等公共汽车时认识的女孩儿。婚礼的那一天我曾经想起过王娜。那名字出现的时候我眼前还是一个星矢打天马流星拳的画面，只是那画面的底图是一副萧索的宇宙，沉寂寂的，无数星尘按顺序地灰飞烟灭着。　🎵A

下一次我还会不会遇见你

文＿默音

严肃作家有时候也会写一些相对轻盈的作品，如女作家多丽丝·莱辛写猫的随笔集《特别的猫》。猫的生命不过数年乃至十数年，它们不在乎是否被写出来，是否被记住。人类写猫的时候为的是纪念，写的人和看的人心里都被轻微搅动，如同一只小猫爪轻轻挠了几下。从这个意义上说，我们活得比猫累多了。

书里写了若干只猫，有名儿没名儿的都有。如果按照它们在作者心中的分量来掂量，最值得提起的是两女两男：灰咪咪和黑猫，鲁夫斯和大帅猫。巧的是，这两组猫们都在彼此的生命中有所重叠，又以各自的方式来博得主人的宠爱。没有不想受宠的猫，在这一点上，猫们活得也不易。

灰咪咪是一只美丽的猫。作者提到了它的暹罗猫血统，作为一个爱猫人，我的眼前立即浮现出这种猫特有的模样：她注定是优雅的代名词。还有什么比拥有一只公主般骄傲又美丽的猫更让养猫人乐在其中的呢？狗是人类的玩伴，而猫却享受着我们的照顾和欣赏，并觉得一切理所当然。一个朋友曾在养猫数月后问我："你说，我们给它们买猫粮、清厕所，难道就是为了看它们打打哈欠睡睡觉发发嗲？"话语间不无抱怨，却也透露满足。

然而公主猫也无法避免生育，接受绝育，遇见新来的猫。简直符合人间的公主在红尘中折堕的过程，我们随着作者的叙述目睹这一切，看灰咪咪怎么和黑猫争宠，养猫人的心又是如何在两只猫之间摇摆。作为一个旁观者，我实在爱煞那只除了骄傲一无所有的灰咪咪，因为她是这样聪明绝顶——"到了早上，她若是希望把我叫醒，就会蹲坐在我的胸膛上，用脚掌轻拍我的面孔……"试问有谁能抵挡这样温柔别致的猫儿呢？等到曾经的公主因为失宠而性情大变，用捕猎来的小鸟和老鼠作为

138

争宠的工具，书外头的我不由得心都碎了。

　　大帅猫有着特别的尊严，他不屑于争宠，不仅对猫，也对其他一切事物。你必须专心地对他，如果你边看书边摸他，他会径直走掉。鲁夫斯则是一只外来猫，完全是靠某种本能或者说智慧的谦卑，他逐渐在这个家里有了一席之地。虽然他老是刻意发出巨大的呼噜声，像个活风箱一样表示自己对主人的感谢，却仅有一次，当主人照顾着病中的他，听见这只猫发出猫小时候用来示爱的轻微颤音。

　　鲁夫斯并没有活很久。大帅猫因病失去了一条腿。他再也不能到主人的房间，跳上床来陪她入睡，等她醒来。养猫最大的痛苦就在于我们活得比他们长久，会看着猫儿生老病死。它们无心玩耍的背后，是总有一天不可避免的终局。而我们会记住这样的时刻——"有时他会抬起头来，用一种跟别的时候都不一样的轻柔嗓音向你致意，表示他知道你正在努力进入他的生命。"

139

　　我一直很想写写我从前养过的猫。塞罗，点点，小黑，还有只养了短短一段时间的奶茶。它们有的是流浪猫，就像文中的黑猫和鲁夫斯那样，有着流浪猫所有的戒心和容忍，也许还有一点点恶癖，有的是不知世间险恶的家猫；它们有的聪明独立，有的傻吃傻睡，但每只猫都绝对不一样。后来我没再养猫，因为怕自己承担不起长久照料的那一份承诺。我还记得在某个夏日的傍晚，巴掌大小的花斑猫是怎样虚弱地撞在我的脚边。那是我的第一只猫，塞罗。她长成了坏脾气的优雅女士，最大的爱好是收集易拉罐拉环，后来因为不愿和小猫们竞争而变得更加孤傲。莱辛女士娓娓叙说的同时，我想起了所有远去的一切。曾经我也拥有过猫们的陪伴，如果生命是宇宙里流转的尘埃，不知道以后还会不会遇见他们，以不同的形式。🐾A

悦读

一个故事的最佳讲法

文__Moyin

"从前有一栋闹鬼的房子……"

"从前有一座图书馆……"

"从前有一对双胞胎……"

当一个成功的小说家连续变换了三个开头才挽留住她的聆听者，这的确是个不同寻常的场景。维达•温特是一位浑身是谜的畅销书作家，关于她的过去，由她本人流传出的无数个版本充斥于世间的媒体。人们对她所怀有的好奇心和对她没写完的那本书所能怀有的一样多。那是个奇诡的短篇集，最初名叫《关于改变和绝望的十三个故事》，矛盾的是里面仅有十二个故事，因此在第一版发行后迅速被发行商召回，再版时更名为《关于改变和绝望的故事》。然而温特小姐的忠实读者们仍然习惯于把这本书叫做《十三个故事》，那个没有被写出的故事也就此成了每一个温特迷心中的至痒心结。

温特在她远离尘嚣的别墅中试图用故事来挽留的人，是一个普普通通又不同寻常的女孩。玛格丽特在自家的旧书店长大，自幼被书籍、慈父和冷漠的母亲所环绕，她的个性多少有点儿沉静孤僻，同时是个喜欢阅读陈年材料的传记作者。面对为温特写传记这个邀约，换了别人大约会趋之若鹜，玛特丽特却踌躇于一切可能只是个"故事"。毕竟这个世界上已经存在着无数版本的温特，而每一个版本又都是温特出品。她好奇，可又不想白白着了说故事好手的道，便提出一个条件：她要问温特三件事情，这三件事必须有公共的记录，聆听温特回忆录期间，她会验证这些事情的真实性，再决定是否接受委托。

就此，一场浩大的叙说在两个人之间展开。一边是病入膏肓的温特，年迈的她依然有着石像般的美貌，她冰冷而严峻，她手心里有着古怪的灼伤，脑海中埋藏着故事纷乱的线头；另一边是年轻又易感的玛格丽特，在倾听的过程中，她沉迷于整个事件，并试图在其中寻找属于她

自己的线头。正如温特曾经说过的那样，所有的故事都有开局、中局和结局，关键是要按正确的顺序排列它们。温特的故事是以"正确的顺序"来讲的，细心的倾听者如玛格丽特，竟然也不曾留意到其中重要的缺失。她先得到了故事的结尾，却没有猜到开头。

随着故事的行进，温特的身体日趋衰微，仅靠精神力和药物延缓生涯。克利夫顿医生是出入这个大宅的另一个外人，在专业素养的良好掩盖下，他只有两次显露过本心。一次是向玛格丽特打听"第十三个故事"的真相，自然没有获得答案；另一次，他给陷入失眠和噩梦的玛格丽特开出独特的药方："亚瑟·科南·道尔。《福尔摩斯探案集》。每日两次，一次读十页，直到读完。"

有这样两个女孩，她们都一次次读过《简·爱》，年轻时代的温特——那时她还不叫这个名字，以及玛格丽特。习惯于在故事里寻找安慰，也许是因为生活本身的寒冷。到得后来，她们一个以说故事为生，一个在故纸堆里追思曾存在于世的点滴。隔着漫长的时光和属于各自的伤痛，她们在冬日的老宅里邂逅，所有的过往都脉脉摊开在眼前，需要的只是一颗足够敏感和清澈的心，来理清这中间的多少代恩怨是非，来把缺失的第十三个故事，拼回它所属于的过往。

然后，就可以合上书，学会记住、掩埋和原谅。让故事的归故事，生活的归生活。毕竟，生活不是开局、中局和结局这么简单。　🐾A

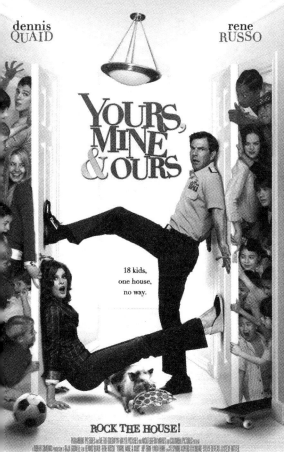

不离婚得扛

文__大仙

143

　　要结就不离，要离就不结！这是蔓延上世纪九十年代事关婚姻态度的一句原则性废话，已被这个世纪多变的情感风云横扫得荡然无存。取而代之的是——结吧结吧，离吧离吧。因为苍茫的21世纪加深了人性的焦灼、生活的混杂、情感的多元、生命的不安，婚姻已不再是两人世界的教科书，结婚也不是爱情的终极标本，人群情感林立的无序性加速着结婚的草率和婚姻的瓦解，从精神的离异到肉体的疏离，夫妻之情过足大江东去的瘾之后，在小桥流水处骤然分手。开局精彩，过程麻木，结局干脆，之后茫然——这便是结吧结吧，离吧离吧的切身体验，颇有实战性的意义。爱情是结婚的通行证，离异是婚姻的墓志铭，现今却无法这么浪漫和悲壮，直接就是结婚是此岸，离婚是彼岸，婚姻是两岸之间一块孤岛，并且两岸将中间的水源压缩得越来越干枯，越来越狭窄。

　　乔治·巴塔耶在《婚姻的暧昧特征》一文中说："在人类性欲的各种形式中，事实上，婚姻占据了一个模棱两可的位置，这个位置是非常令人困惑的。"我以为，婚姻这个模棱两可的位置在21世纪尤为明显，经受着物质与情色的强烈冲击，加剧着它的困惑和无力，速变的日常生活逐渐让婚姻只剩下一具空壳，丰富的内容已被剥空，夫妻两性间的激情只剩下养育后代的枯燥模式，婚外情与第三者的贸然来袭，让婚姻的定式呈现"雪崩型"。这就是现代社会人们对婚姻的无奈而又常规的判断——如果觉着可以那就结吧，如果不想过了那就离吧。作家狗子对两性关系或者婚姻关系的态度更为强悍——不就是两人在一起混呗，不是我不想混了，就是她不想混了，或者干脆两人都不想混了，那就各撤各的。

　　身处婚姻玄机，苏菲玛素在《我决定留下来》中所面临的情形，也是一种家庭生活的二元对立，丈夫混得有滋有味，却不是跟妻子在混，而是跟自己的爱好——自行车运动如胶似漆，跟妻子却如胶不似妻。身为运动家妻子的苏菲玛素两眼茫然，一片空虚，生活对她来说形同虚设，生命对她来说极其陌生。这样的女人不找别的男人才怪呢，这样的女人不追求外遇内在会全部缺失，这样的女人不红杏出墙墙都不答应，红杏要不出墙那只能是青杏，永远也红不了。牛逼的是，在苏菲玛素飘然外遇之后，竟唤醒了丈夫早已远上寒山的激情，他也宽容了妻子与剧作家情人停车坐爱的出轨，灵魂深处发现了苏菲玛素强大的女性魅力，当然苏菲玛素不是他媳妇也照样有魅力，同时很搞笑很幽默地丈夫还跟妻子的情人处成了朋友。男人包容到这份儿上这婚还能离嘛？再往另一端去想，就是苏菲玛素的强势出墙引来情人的顾盼，才使自己的夫君知道媳妇还是一如花似玉的美人，就别老捣鼓那破自行车了。

恋人分手、夫妻离婚，就是我们常说的分道扬镳，我在上个世纪就给过批判——分道就分道，干嘛要扬镳！两人之间不管是感情深浅、恩爱厚薄，凡聚在一起的就是不容易，总有些缘分，在分离的当口尽量缓一闸，想好了分了之后离了之后干嘛去。目前社会上60后70后一抬头，貌似都能看到"风中有朵离婚的云"，那不要紧，念头可以动，行动要斟酌，就算意外情扑面而来，就算你发现病树前头万木春，其实那万木春都是云烟，这个病树才是家庭的栋梁。很多时刻，不少时分，第三者让你成为无产者，不信你就试试！

其实离婚很容易，但离婚的过程比较熬人，这也是很多人忌惮离婚的缘由。在离婚的想法和打算开始实施时，一般人的气色都不好，心绪都容易偏颇，一言以蔽之就是——烦！其实这就错了，很多婚姻在这个时候还能挽狂澜于既倒，千万不能烦，你扛着扛着就把快要失去的婚姻给扛回来了，就像苏菲玛素她老公做的那样。这么说吧，结婚离婚都不重要，重要的是在漫长的婚姻中，两人一起扛，扛到你们死后还是夫妻。谁说没有永恒来着？永恒就是永把婚姻横在你们的生命中！　🔊A

勇气

文＿赵款款

///看他们过着神仙眷侣般的生活，我也羡慕，却不想变成那样。这样大情大性、至情至性的人，总归是少数。生活是生活，非要把生活过得像小说一般。就是不正常。我认定，我和大多数人拥有的，才是正常的、成年人的友情与爱情。清醒、冷静、有分寸、有理智。

1

从古到今，追逐于名利场的人无不争先恐后、出尽百宝。不过，古人们万万想不到，时至今日，有一种叫做互联网的东西。在上面发些暴露的照片、写些犀利的文字，居然就可以出名、就能火！

我在天涯、猫扑，搜索到诸多网络红人的照片。一边看，一边啧啧称奇。

在报社，我负责文化版。虽说是文化，但现如今文娱不分家。目标受众里，文化人有几个？百姓们爱看的，决不是阳春白雪。要想报纸有出路、想要工资按时发，必须关注八卦、关注花边新闻。

这一期，我的选题是网络红人。

看来看去，我把采访目标锁定于"妖精公主"。这女孩子年纪不大，忒大胆。她不像前辈们，以哗众取宠的文字吸引眼球。她靠的，纯粹是硬件，是老天给她的美貌和惹火身材。

百度一下，知道她出道不过一年多，拥有粉丝无数。没人知道她的真名，也没人知道真实背景。她不多话，上来就发照片，发完就撤离。看客们说什么，从不回复。来得也不勤，隔一周，更新四五张照片。有些纯美如公主，有些幻化如妖孽。大多暴露得让人心痒。一开始的照片，看得出来都是自拍。后来，便有着浓妆艳服的，估计是被哪个模特公司看上了，拍的宣传册。

我看着那张她的成名照——不知道哪里找到的废墟，四周有破旧、断了腿的桌子、椅子，还有很多看不出原貌的凌乱东西。简直像个垃圾

站。她就那样俏生生立于一片垃圾中，浑身只着一条细带子的丁字裤。双手抱于胸前，半遮半掩间，能看出胸部的完美线条。腰细、腿长、臀翘，真是纤侬适度。

美固然美。不过，要是以后我的孩子敢去拍这种照片，肯定打断她的腿。

邻桌小张凑过来，呦，这不是妖精公主吗？宜心，采访她可得小心点。这样的女人，出身不会有多好。在底层熬了这么多年，一有机会，保证使出浑身解数紧抓不放。小心，被她骗了你还得为她数钱……

小张喋喋不休，我合上电脑，出门。小张对我有意思，谁都看得出来。无奈落花有情，流水无意。我常嫌弃他话多。不过他今日说的倒有几分道理。

从小到大，我似有幸运光环笼罩。上大学、工作，统统顺风顺水。还有优秀的男友，在大洋彼岸。我所接触到的社会，是最光明、最健康，最见得光的那部分。

2

我们约在一个安静的咖啡厅见面。她迟到半小时。我的怒火，见到她的一瞬间，瓦解。没想到，她是这么朴素的模样。戴一顶毛线帽子，印着莫名奇妙的字母；牛仔裤似是压箱货，布料又太薄，斜斜的，一道压辄，估计熨都熨不平；绿棉袄也是最普通不过的款式，不是墨绿、也不是烟绿，绿得让人尴尬。目测，这一套行头，不超过100块。好身材，淹没了。

她没有为迟到道歉。一屁股重重坐到沙发上，抬起眼睛，上下打量我一番。

呵，没想到记者这么漂亮。
我看看自己的灰色薄呢阔腿裤，白衬衣，笑笑，坐下来。
我自报家门，宜心。苏宜心。

你有心有貌，我只有貌。美珍。张美珍。俗吧！不过俗不过妖精公主。呵！

这个女孩子，坦诚的可爱。

做过很多明星专访。旁人羡慕，却不知最为枯燥。这些生活在镁光灯下的名人们，从无半句真话。任何问题，经纪公司早教好标准答案，背出来便是。

149

采访中难得遇到愿意说真心话的人。我打起十二分精神。

咖啡厅有点热，她摘下帽子。头发很多，油腻腻、散乱。越发衬的一张脸尖尖窄窄。五官并不突出，精巧细致。这样的脸，平日里普通无奇，但最适合上镜。一上妆，就是惊艳。不过，我在她的眼睛里读出了太多东西。之复杂难解，不像年轻女孩。

她的经历，足以让每一个健康长大的孩子明白知足常乐的含义。

她不是本市人。老家在北方一个小城市。坐火车到北京，要八九个小时。家境并不富裕，却给了找了好几个家庭教师，一心要把她培养成淑女。
她笑说，猜不出来吧！我没念什么书，琴棋书画，样样会半拉。

　　她把袖子捋起来，给我看胳膊上一道深深的疤痕。轻描淡写说，看，这都是和我妈打架打的。反抗不过，我割腕吓她。

　　我愕然。她继续说，让我当一个混子。我能当很好。可是，万万当不了淑女。高中，我开始交男朋友。黑社会那种。我妈彻底放弃了我，宣布跟我断绝母女关系。

　　问到网上发照片的初衷，她苦笑。你知道吗？最初发照片的不是我，是我的黑社会男友。我提出分手，他存心报复，把以前在一起时开玩笑拍的暴露照片发到网上。愤怒过后，发现居然是一个很好的推销自己的方式。没好好念书的女孩子，有机会用天生的容貌、身材赚钱，只好将计就计。反正父母早就不管我了，为了讨生活，干脆来了北京。好在也算熬出了头，现在接一些商业走台、平面广告，够我日常开支了。

　　我动了恻隐之心。问：刚来时，日子很不好过吧！

　　她笑，你知道吗？一般的煎饼果子卖三块钱。菜市场里有一种没有鸡蛋、没有薄脆的，卖一块钱。我早上买一个，可以吃一天。

　　最后，我问，你说的话，我都能出稿吗？她想了想，说，随便。我知道你比我清楚什么该说、什么不该说。随后，她突然拉了我的手，怯怯地说，苏姐姐，以后少不得麻烦你。

　　她时而坦诚、时而扭捏，时而奔放、时而温柔，我一个女人，也被她吸引。

3

　　麻烦，很快就来了。

150

稿子效果不错。我故意略去她的黑社会男友，说她精通音律，用大篇幅描述她的美貌，配上大幅插图。很快，有同行跟我要她的联系方式。她打电话来道谢。最后，说房东要卖房子，赶她走，问我能不能帮她找房。她说，苏姐姐，在北京我就认识你，也信任你，你会帮我吧！

正好，家里有一套空着的两居室。以前，我和陈临住过。他出国以后，我又搬回家里。以后到底是他回来，还是我跟着移民过去，我们一直犹疑着。房子常年空着，没了人气，倒不如给美珍住，少收点房租，让她打理着便是。

她欢天喜地搬进去，到处弄得干净整齐。也不怎么打扰我，偶尔的，汇报水龙头旧了，她换了新的；墙壁脏了，自己动手刷新。我觉得这个女孩子懂事、能干、又会做人，心中很是欢喜。

年底，工作堆一堆。我几乎天天熬夜。父母埋怨我夜夜灯火通明，影响他们休息。又天天念叨黑白颠倒，对身体不好。

我心烦。索性搬了电脑和美珍同住。反正两间屋子，想来，她不会因为我熬夜有微词。

她对我极好。常常在深夜十二点熬稀粥、或者煮馄饨给我当宵夜。我推开电脑，一人端一个小碗，有一搭无一搭说着闲话，在台灯下细细吃完。然后，她刷碗、睡觉。我继续埋头苦写。

早晨，她起床早。悄无声息准备好早饭，收拾完毕就出门了。模特这一行，拍片子、化妆、赶场子，很是辛苦。美珍这样的，担着"网络红人"这个虚名，其实还是三流模特，俗称"野模"。

自青春期过后，我从未和一个女孩子如此亲近。小时候，同性友情

大过天。一起上学放学，一起玩耍、一起自习。就连上厕所，也要结伴。从女孩儿长成女人，心眼小了，也多了。难得再有亲密无间的关系。以前看《欲望都市》，最羡慕的不是华服美食，而是剧中四个女人的友谊。编剧们知道现实中难得，就编成故事惹我们眼馋。

还好，我得到了。
我以为，我和美珍是例外。
我以为，我们是成年人之间的友谊。清醒、冷静、有分寸、有理智。

女人之间，最怕嫉妒。好在我和她是完全不同的风格，无从比较，也就无法嫉妒。我一直是走气质路线，美珍，却是真的美。

有时候，她半夜才回来。脱下借来的华服，穿着自己的普通衣着。只有一张脸，浓妆艳抹。眼圈浓黑、嘴唇血红、皮肤苍白着，换了别人，不知道怎么艳俗，她，美得让人心悸。

在家里，她穿旧旧的睡衣。胸口有大米老鼠那种幼稚的款式。很大、空荡荡的，走过去，能清楚看到包裹在衣服里的玲珑曲线。

这样的美人，不知道谁有福气消受，不知道归宿在哪里。

我听过她给不同的男人打电话。估计是有求于人。声音媚媚的、软软的，简直要趟蜜。我看她吊着门框，斜倚着身子，一只手接电话，另一只手垂下来，袖口空荡荡，一甩一甩，身子也左右微晃……心想，男人要是见了她这样，恐怕怎么也不忍心拒绝吧！

4

那日，小张说借我一张光盘。我让他来家取，撞上美珍。

他大惊小怪，呦！这不是公主吗？飞入寻常百姓家了啊！

美珍不理他，自己从冰箱取了苹果啃。小张看她在我家里如此熟稔，立即不平衡起来。也不避讳，大声说，这谁家啊！宜心，你怎么不收留我？

我平日就烦他八卦、不识人眼色。赶忙打发他走。临走，他还在嘟嘟囔囔，照片还可以，真人怎么那么土。

他走了，美珍跟我说，苏姐姐，我不喜欢你这个男朋友。

我笑。她以为我是谁？有abcde个男友，一直排到z？我可不想这样。有陈临一个，就够了。美珍好奇，问陈临是怎样一个人。我这样形容：英俊、聪明、干净。青梅竹马。

很快，要过年了。我收拾好行李、电脑，打算回家去住。问美珍是否回家，她冷冷地说，我家在哪？

提了人家的伤心事，有些尴尬，我邀请她到家里吃年夜饭。她微笑着说，我这样子，伯父伯母不会喜欢。别让你为难。

我没强求。知道她骨子里的自卑。有点心疼。

过年七天假，我几乎天天陪着她。父母人老心不老，业余活动安排得相当丰富。我一个大龄女青年，男友不在身边，也没法约会，反而显得寂寞无聊。这个年，倒是美然陪我一起过的。

这半年，美珍收入不错。我和她逛街、一起到外面吃饭，才发现这个女孩子什么都不知道。她不了解这个社会所有与时尚有关的一切。

她买超市里的护肤品。一说化妆，就知道涂黑眼圈、抹红嘴唇。不知道还有生活妆一说；她随便买地摊衣服，怎么撞色怎么穿，红配绿、紫配黄、浑身像一个调色板；她不知道日本寿司、不知道泰国菜、甚至，没有吃过麦当劳、肯德基……

她为自己羞愧。苏姐姐，没人教过我，我什么都不知道。别嫌我笨。

我笑，手把手教她怎么化妆、怎么配衣服。最后，把常年积攒下的几摞时尚杂志搬给她。

美珍聪明，又有悟性。不多时，她已经学会画紫色眼影，细长眼线。睫毛刷得卷翘，眼睛一开一合之际，似有千言万语。

她喜欢上黑色衣饰。紧裹着身体，越发显得玲珑有致。我见过她的内衣，也统统是黑色，有繁复的同色蕾丝花边。她买灰色羊毛围巾、白衬衣送给我，说这样的东西，只配苏姐姐用。我俩常常穿着一黑一白去逛街，引来回头率无数。

5

第二年冬天，陈临回来探亲。这时候，美珍已出落成标准都市女子，优雅中，有魅惑。在陈临来之前，她把房子退给我。我推托，她拉着我的手说，苏姐姐，你知道吗？这是我住过最好的房子。我已经很感谢你了。记不得我那张成名照，你问我那是哪里的废墟，我没好意思告诉你。那是我和以前男朋友的家。

154

她用同等价钱，租了一套一居。邀我去做客。大开间，整齐、有条理的样子。她说，苏姐姐，我要向你学习。我会努力工作、好好生活。

陈临回来了！

我订下餐厅，邀美珍同去。

她姗姗来迟。看得出来，没有刻意打扮。我莫名其妙松下来一口气。

陈临看她，又看我，宜心，从哪里找来这么一个漂亮的妹妹？

看她半晌，又说，我知道了！我在网上看过你的照片。

美珍只是浅浅地笑，不分辨、不回答。这样的场合，原也不该多说话。

我看着她吟吟浅笑的模样，一瞬间有些失神。如今，这个谈吐大方、举止优雅的女人，和当初那个戴着毛线帽、穿过时牛仔裤的女孩儿有太大差距。

期间，陈临问我何时跟他移民过去，我依旧推唐。这里有我父母，工作也蒸蒸日上，我何必远渡重洋，当一个陪读女郎，过未知的生活。最理想，莫过于陈临做一名海归。

我据理力争，历数归国创业的诸多好处。陈临有些不耐烦。美珍提我开脱，苏姐姐肯定有放不下的东西。父母年纪大了，工作也好，多少人羡慕呢！倒是我，没念过几天书，想出去也去不了。

我们少不得停下讨论，安慰她一番。

　　陈临对美珍，与对我其他女友无异。客气、礼数周到。偶尔，开几句不咸不淡的玩笑调节气氛。我把美珍的经历讲给他听，他唏嘘不已，说都是朋友，能帮的尽量帮一些，也别勉强。

　　我喜欢他善待我的朋友。女人，也是好面子的。平日里各过各的日子，谁又能知道个中滋味。所谓羡慕，或者不屑，无非是当着友人的面儿，看自己的男人是如何对待自己以及她们的。

　　没想到，陈临快要走的时候，却出了问题。

　　有某著名时尚杂志邀请美珍拍内页广告。这是求之不得的好机会，尽管报酬仅仅300元，美珍还是兴高采烈去了。

　　又到年底，那晚下大雪，报社通宵加班。凌晨五点钟，美珍打电话给我。说身体不舒服，让我到城里某知名酒吧接她。我拖不开身，打电话央陈临代我去。

　　第二日清晨，我疲惫回家。陈临却如打了鸡血般精神，他张口美珍、闭口美珍，足足念叨数小时。

　　原来，那个拍摄活动，差点让美珍丢了小命。时尚杂志就是这样，明星、模特削尖了脑袋拼命往里钻，资源都是内部流通。一旦从外面找新人，那必定是桩没人干的苦差事。

　　下午开始下雪，直到夜里十二点，温度到了零下，才等到积雪。编辑们找了一个中式风格的酒吧，雕龙画凤、好不热闹。模特们要做的，是穿着内衣，攀上房顶，在积雪的屋檐上，玉体横陈。编辑们怕出事，多找了几个模特，有两个一看那阵式，就退却了。美珍念着这出头机会不容易，硬熬下来。太冷，上去不到十分钟就花容失色，姿势、表情都嫌僵硬。于是，一遍遍重拍。一直折腾到凌晨四点。

最后一轮拍完，美珍几乎说不出话。捏着那300块钱，等大家都散了，她才想到给我打电话。

模特，一向是虚荣浮华、纸醉金迷的代名词。陈临没想到，现实居然是这么惨酷。他推迟行程，下决心帮美珍另找工作。

陈临和我一样，也是被老天眷顾的幸运儿。家世良好、教育良好、待人接物，什么都好！可是，我从未看他这样热心帮助过别人。我们一向有自己的原则——莫亏欠别人，也别让别人亏了自己。他开始管闲事，看似转了性情。

7

接下来的日子，陈临几乎天天和美珍厮混在一起。他给她买书，为她报周末补习班，甚至，替她找了实习单位。我都听到他跟她说，别再想什么网络红人了！红又怎样？丝毫没有现实利益。明星那么多，熬到几时才能熬出头？女人啊，还是得找一份稳定的工作，找一个可靠的男人……

陈临啊！尽管接受了几年西方教育，骨子里还是传统大男人。他说这些话时，美珍在旁边站着，乖巧极了，一幅听君做主的模样。

我开始觉得不对劲。但仍没有警惕。探过陈临口风，他说和我一样，把美珍当作妹妹看待。

美珍几天没和我联系，我没打电话，直接上门找她。潜意识里，有突然袭击的意思。她在家。门外放着男人的皮鞋。是陈临的。我认识。

我走下楼。看她窗户，窗帘拉得严实。大白天的，拉上窗帘还能做什么？

我乱了方寸。一边想着要上去敲门、捉奸在床；一边又想着不能失了身份。进退两难之间，他们从楼道里出来。两人拖着手，好不亲密。我看到美珍往我这边看了一眼，连忙躲到树后。

要我怎么办？大吵大闹？我想起很久以前小张跟我说的，说美珍这种女人，一发现机会，必然使出浑身解数、紧抓不放。我不得不暗自揣测，我，还有陈临，是不是都是她的机会？

我目送他们的背影远去。两人都穿黑大衣，远远看着，很般配的一对。我为之伤心。

8

我一时找不到机会告诉陈临让她警惕美珍，莫被她美貌蒙蔽。又担心着他们中的任何一个会向我摊牌。还得思考撕破脸皮后，如何应对。年底工作忙，再加上这些事，我想，全数处理完毕，我的脑袋肯定坏掉。

自己的男友跟别人搞到一起，自然是件大事。怎么办？现代女性决不能玩一哭二闹三上吊的把戏。也不能伤心过度，伤了自己的身子。如果有挽回的余地，就要想办法抢回来。如果无可挽回，就放手让他走吧！跪下来挽留？醒醒吧！父母把你生下来，辛苦拉扯大，又受了这么多年高等教育，不是让你为了一个男人就伤尽颜面、丢了自尊。再悲伤、再绝望，总会过去。谁又离不开谁？谁少了谁不能活？

158

我还没想清楚，陈临气急败坏来找我。说美珍不见了。我闲闲说一句，她又不是小孩？什么叫不见了？咱不过是她朋友，人去哪儿，犯不着事事请示。

他被我堵回去，悻悻地走了。

是夜，我在家查邮件。发现美珍的信。她知道我有每天查邮件的习惯。

苏姐姐，那天在楼下，我看到你了。我知道，你也看到了我和陈临。其实早在你和我说他的时候，我就已经好奇。英俊、干净、儒雅的男人是什么样呢？我从小到大，没有遇到过。我的爸爸懦弱无能，我的初恋男友说到底，不过是个流氓。到北京后，我也和不同的男人交往过。可是，他们无一例外令我厌恶、失望。

第一次见陈临，我紧张不已，甚至不敢多说话。我知道，我爱上他了。苏姐姐，一开始我总念着你的好，不敢轻举妄动。可是，那次他半夜来救我，把冻得浑身发抖的我搂在怀里，我就知道我要对不起你了。他帮助我，我从没见过对我这么好的男人，我知道，一旦错过再也不会有了。所以，我勾引了他。

我们都对你心有愧疚。我躲着不见你，这种感觉还不强烈。那天在楼下见到你，我不知道以后要如何面对。那一瞬间，我想到了《农夫和蛇》的故事。

我走了。这几年我太累，想休息了。我想回老家看看，爸妈应该原谅我了吧！在外面越是不易，越明白他们当初是为了我好。

我想我在老家当一名音乐教师，还是有人要的。

转告陈临，让他死心。你和他，最为匹配、最适合。

我把邮件转发给陈临。死不死心，选哪一个，就看他了。如若他没了心，要一个空躯壳有何用！

第二天，陈临打电话给我。他哑着嗓子说，我在机场。

我知道，他不是要回去继续上学。他是要去找她。

我冷笑，就这么走了。你怎么跟家人、怎么跟我交待？

宜心，当了一辈子好学生，你不累吗？为这个、为那个，何时为过自己？我顾不了那么多了！咱们在一起这么多年，美珍说得没错，我和你最适合。但是，她最需要我。

9

陈临走了。我的生活没有多少变化。我做很多采访、写很多稿子，衣着光鲜参加各种活动，和小明星混得熟捻……他出国读书的这几年，我不都是这么过来的？小张依旧和我献殷勤，不过，和我约会的是一家公关公司的经理。也是青年才俊，跟我很合拍。不管谁离开了，日子总得过下去不是？

又一年冬天，我收到一条短信。是陈临。他说：宜心，你还好吗？没想到吧！我和美珍留在了这个小城市。我们不再追求丰厚的物质生活，日子过的普通、平淡。这里下大雪了，很冷。我买烤白薯回家。宜心，你要照顾好自己。当然，我知道你能。

我合上手机，未作回复。他留下来，我想到了。其实，他为什么爱上美珍，我比谁都清楚。我们被这个城市打磨太久，早就练就金刚不坏之身。我们学不会敢作敢为、不会把一条道走到黑。美珍是个例外，她有我们没有的勇敢，当然，还有美貌。

事后，我也猜测过她写邮件、回老家是不是欲擒故纵的把戏。不过，这都不重要了。重要的是她敢丢掉这两年奋斗的一切，回到原点。在心仪的男人面前，她曾追逐过的名利土崩瓦解。这种力量，自然足以把陈临留在身边。陈临这样的大男人，需要一个女人全心全意、不顾一切爱他。必要的时候，最好为他死。而我，连跟他去大洋彼岸都不肯。

看似他们过着神仙眷侣般的生活，我也羡慕，却不想变成那样。这样大情大性、至情至性的人，总归是少数。生活是生活，非要把生活过得像小说一般。就是不正常。我认定，我和大多数人拥有的，才是正常的、成年人的友情和爱情。

清醒、冷静、有分寸、有理智。♣A

韶光贱

文＿南在南方

1

钟小京第一次跟祁百在一起的某个时候突然流了眼泪，祁百逗她开心，谁知逗着逗着她咧着嘴哭出了声，这个有名的脑外科专家在手术台前镇定像个将军，可这时却手足无措，只是一个劲的重复着：怎么啦？她不答话，只是哭，将脸埋在他臂弯里哭，哭够了就吻祁百，吻得两个人都像是哑巴。

后来祁百问她为什么哭呢？是不是，他顿了一下还是说出来，有些痛？这话把她惹得花枝乱颤，都笑出眼泪。他不依不饶地问，为什么呢？她说她看见他的……身体，突然想起四个字，悲欣交集。

祁百看着她呵呵直乐，又问为什么呢？她眨巴眼睛说，为什么呢？想着要不要把这句话说出来，当然还是说了，她说，看见他蓬松宽阔的肚子时，直觉得岁月无情。不是无情，而是太无情了啦。

祁百就扑了过来，一把抱住她，扛在肩上，笑问廉颇老矣，尚能饭否？她回一句，老夫聊作少年狂罢了。

祁百佯装生气，放下她，低下头寻找柔软，贪恋如婴孩。

说不上来谁先喜欢上谁的，好像是不约而同。

钟小京说是祁百勾引的，说你们老男人个个都是风月宝鉴，稍一用功，小女子就是死路一条。祁百也不反驳，看着她，一小会儿愣是整得一脸慈祥，那种云卷云舒都不惊的闲散让她着迷，说，我要是能活出你这个味儿就好了。祁百说，时间是个男人，不忍心在你眼梢刻鱼尾纹。说得慢条斯理，跟真的似的。

她结结实实地抱住他说，老东西，我爱坏你了。祁百拂她的短发说，小东西小东西的呢喃。

也只有这个时候各自都是纵情的放肆的，别的时候，她叫他祁教授，他叫她钟医生，偶尔叫她小钟，一个一丝不苟，一个敬畏有加，看不出一点端倪，跟戏剧学院毕业似的。

一年前，钟小京硕士毕业费了不少周折进了这家著名大学附属医院，一不小心就爱上了祁百，最初的剧烈的心跳来得并不美好，那台手术，她做祁百的助手，平常最多只要一小时的手术，因为异常，却用五个小时。祁百脱下手术服时，她看见他湿淋淋的裤子。当然他也发现了，笑了，轻描淡写地说，我尿裤子了，没准备尿不湿。没有丝毫的羞涩，很从容。

她的心剧烈地跳了起来。

2

钟小京觉得她爱祁百爱得纯粹。什么都不要，除了爱。什么都不给，除了爱。她觉得他们有可能成为一段佳话。

事实上，爱情不能免俗，不能不落入俗套。

她跟祁百说周末想去归元寺，嗲嗲的说，能不能一起去呀？听着像是征求意见，其实她心里盼着他说能，结果他说，不行呀，答应和女儿看一场电影。最终她还是去了，在佛前求签，想要爱得长久一些。末了，买了两个平安坠子，一个给自己，一个给祁百，她想要把他脖子上那块玉给换了。她朝祁百脖子上挂时，她说，能把玉摘下来吗？他愣了一下说，都挂着吧。再末了，两人欢喜时，她看见他胸前依然是那块玉。她说，为什么？他说，这玉先挂上去的。

她跟他别扭上了，不是玉的事情，而是态度的事情。他说过，那玉是他本命年夫人送的。

祁百当然是明白的，于是，他脖子上什么都不挂。什么都不挂，钟小京还是不高兴。撅着嘴，叹气，冷不丁地笑。这样祁百很喜欢的那种如沐春风的感觉不见了，换上来的是如坐钟毡。好在，祁百能调适自己，就是生气了，脸上也看不出来，依然从容。这般的从容原是她喜欢的，现在却恨上了，觉得没劲儿，觉得波澜不惊。

她问他，你爱我什么呀？他说，全部。她恶狠狠地说，到底爱什么？他说，年轻和梦想。她单挑了年轻这两个字说事，说不过是老牛吃嫩草罢了。

这话一说，她自己都吃惊了。好像一下就破坏了爱情的美感。而这种破坏感却是一发不可收，像是手术刀划在皮肤上，像是越痛越接近本质一样。

她问他，你想不想和我在一起？
他说，想啊。
她说，那你冲出围城啊。
鸦雀无声。
她说，那我们分手吧？
他点点头说，你这般的年轻。
她站起来踹他，踹着踹着伏在他的怀里哭，说，我不分手，我爱你。

他说，我也是的。

常常，在恋爱里，总有一个人说，我爱你，另一个人说，我也是。常常，说第一句话的，用情深些。

3

钟小京抱一大束菊花去祁百家里，她想看祁百的原生态，只能做不速之客，

祁夫人开的门，问她找谁呢？她说，这里是祁教授的家吧？他夫人点头喊祁百，有客人。

祁百系着围裙，提了菜刀出来，看着她微微惊了一下，紧接着热情地跟夫人介绍说，这是脑外科最年轻的钟医生。她笑吟吟地把花束献了上去，叫师母，说是听教授说您热爱菊花呢。祁夫人低头嗅了，脸上有动人的喜欢，放在敞口的花瓶里。

等钟小京落座，祁百又厨房忙活去了。祁夫人煮咖啡，不多一会儿，咖啡的香渐次而来。

钟小京安静看着祁夫人优美地煮咖啡，偶尔说句话，赞美她。祁夫人夸她是个小甜人儿。

待咖啡煮好，祁夫人将杯子用开水泡过了，然后才盛。说这样，一则捧在手里是热的，如同送花，手留余香；一则呢，不减咖啡的浓郁，如同宝刀送英雄。

钟小京轻轻笑了，祁夫人的优雅深深地打动了她，她丝毫没有感觉

祁夫人的卖弄，可分明又像在宣示什么。

再过了一会儿，祁百已经做好了菜。

酒是红酒，盛在高脚的杯子里，举杯。先是祁百致了欢迎词，再是钟小京回敬。彬彬有礼，没有异常。

唯一异样的是，菜有的咸坏了，有的根本就没有放盐。钟小京没说，是祁百自己说的。祁夫人笑，咸有咸的味儿，淡有淡的味儿嘛。

都笑了。

钟小京突然发现她没有说为什么来，这样她就说了，感谢祁教授两年来的悉心指导，正好经过这里，就想来看看的，一进大门，原来教授在小区也是名人……

祁夫人说这知道地方了，回头要多来的，她喜欢她这般小甜甜的样子，让她想起那么遥远的年轻。末了问一句，再来带男朋友来啊。

祁百说，人家小钟还待字闺中哪。

祁夫人说，总会有的呀。

4

第一感觉是受伤，第二感觉还是受伤。离开祁百家时，钟小京这样想。相对祁夫人的炉火纯青，她感觉到了自己的青涩。她想她无论如何追赶，也赶不上祁夫人的风度，那岁月积淀的。

再和祁百呆在一起时，她气不打一处来，变着法子地要他，她喜欢他呈现那种奄奄一息的样子。她甚至想要在他的肩上咬一口，留下齿痕，最终还是没有咬，隐隐觉得对不起祁夫人的风度。

祁百开始并不拒绝，后来就不情愿了，护着自己，再后来轻易不肯和她呆在一起了。

当然，她感觉到了他的变化。只是她没有想到，他要给她介绍男友，他带的研究生张乔。

虽说她和张乔认识，可他还是认真地说了张乔的优点，家世。他认为她和张乔很配，年轻，都学医，有共同语言。

她不认识似的看着他，直看着他低下头。她说，你在给我准备后事吗？她说，你难道你不觉得你很恶心吗？你当我是什么，一个玩具吗？玩腻了就送人，并且送给自己最得意的门生？

他沉默着。她一个人像演独角戏，越说越生气，最后要他立刻滚蛋。

朝门口走，他看上去那么疲惫，慢腾腾的，她跟上去踹他一脚。疯狂地关上门，痛哭失声，弃儿似的。

他回家，心里也是潮潮的，也许介绍张乔给她太急功近利了一些，可他没有别的办法，他得回家。那天她走后，他夫人看似无意地说了一句名言，人不能同时踏进两条河里。他立刻低下头，犯了错的人典型姿态。

钟小京从那刻起决定恨他，她想，一辈子都要恨他。

5

连祁百都没有想到，钟小京在第三天时接受他的建议，请他做月老。祁百笑说想通啦？她点点头。祁百哪里明白她的心思。

紧下来，祁百约张乔和她去包间吃饭，在饭桌上把话挑明说了，都大男大女了，她和张乔也没害羞，都笑说这法子太老土了。酒过一巡，祁百趁接电话的当儿撤了，给了他们空间。

他们也有话说，饭毕，都有些感觉，于是在街上走了一会儿，遇到卖花的小姑娘，他买下一枝给她，她接过来。那刻，她喜欢这样的感觉，明目张胆的，不像和祁百地鼠一般地呆在房子里。

交往一个月后，她和张乔商量着请祁百吃饭。当着祁百，她俯在张乔的耳边说悄悄话，粉拳捶打他的背，发嗲。她看着祁百脸神经一扎一扎的，就乐。

她喜欢这样的效果，可等她想要告诉张乔真相时，却犹豫了，她不想伤害张乔。可最后还是一咬牙说了，因为她恨祁百，并且拿出她和祁百的照片给张乔看。她说，对不起张乔，我不是好女孩儿，可我不想骗你。

张乔掩着脸，掩了很久，后来他看着她说，我还是喜欢你，我喜欢你好久了。我跟祁百说过……

她说，我准备走了，我想考博。

她看见张乔眼里那一簇热烈的光慢慢暗下去。

几天之后，她看见祁百乌青的嘴角。她悄声问他怎么了？他说，得意门生抽的。

她大声笑了，活该。

6

她准备考博了，想去千里之外的北京。那阵子她除了上班，就是复习，把情感放下了下来。

接着是考试，面试通知书是祁百交给她的。祁百说，那是他的母校。她没接话，复试竞争很激烈，她幸运地被录取了，后来她才知道她的导师是祁百的同学，那刻她并没有感激，还是恨，好像有一种被遥控的感觉。

张乔依然示爱，说不能放下喜欢，迷恋她。这般的情义，让她觉得犯了一个错。她不忍拒绝，只好请求他忘记。

转瞬三年已过，她回来了，因为她和医院有过约定，依然在脑外科。祁百举行了一个欢迎会，她惊奇地发现张乔成了她的同事。就在那次，她突然发现祁百的鬓角有一抹花白，心蓦地一软，紧接又硬起来。

她不和他说话，不看他的眼睛，她目中无他。她听见他的叹息。有一回张乔说，祁教授并不坏。她说，那么谁坏呢？张乔说，都有动人的地方。她定定地看着他，明白他一直和解，和解自己，和解别人，和解爱恋。可是她不能，或者说她目前还不能。

只是她没有想到，这个脑外科教授，在手术台前突然脑出血，张乔接替了他。

他被送往急救室，CT显示了出血点，出血量决定了必须立刻做开颅手术。那台手术决定由她来做。

等她走进手术室时，他的头发已经被剃光，昏迷着。她按捺住猛烈地心跳，缓缓注视着物件：备血袋。有槽手锥。定向尺。碎吸器。硅胶管。监视仪……

她开始工作，准确地标明位置，有槽手推握在手里，她听见了它钻探的声音，她的心安静下来，安静下来……

五天之后，祁百苏醒了。眨巴眼睛，看着她，她看见他的手指轻轻地动了一下，他有了知觉。她缓缓地蹲下来，握住他的手，眼泪猛烈流了下来，心里像是有光照进来……

张乔递给她一张又一张纸巾。

下班的路上，不知谁家正放着《牡丹亭》，唱的是：

原来姹紫嫣红开遍，似这般都付与断井颓垣，良辰美景奈何天，赏心乐事谁家院，朝飞暮卷，云霞翠轩，雨丝风片，烟波画船，锦屏人忒看的这韶光贱……

她站在那里，听着这一句韶光贱，就想着那么时光怎么就贱了呢？是因为没有爱吗，是因为爱错了人吗？

那时张乔把伸手到她面前，她一点点地伸手握了，沿着街，朝着繁花似锦走。　♪A

跟着占星术生活

文＿卡米

法国人也喜欢占星游戏，而且显然比别的地方更当回事，占星业在这里简直就是一个非常时髦的行当。法国的杂志里星座栏目的内容更多样也更细致，时尚类的可以是设计装扮、情感，还有同星座的大明星在版面上秀出一身代表性服饰化妆品，和名人一个星座的感觉显然更能引起读者的兴致，而其他类别的杂志，比如美食杂志会有适合不同星座的代表菜和口味，顺便也会让明星厨师讲解制作或是推荐餐厅，健身的则是推荐各星座的运动方式或是本周本月的健康注意点。

作为"占星福地"的法国，几乎有近58%的人相信占星是一门科学，在法国6000来万人口里，大约有5万人从事占星术，其中1万人还拥有各类占星专科学校的毕业证书。若要翻开法国人在这门学问上的历史也是由来已久，最著名的一位当属预言了911事件的普罗旺斯人米歇尔·德·诺查丹玛斯，以及现在仍然当红的曾被密特朗推崇的伊丽莎白·泰西埃，2001年的时候，泰西埃还凭着900页的星座论文博得了索邦大学的博士头衔，而在她之前也曾出现过许多占星奇女子，有19世纪的玛利亚·亚德莱达·勒诺曼，她开的占星沙龙生意曾经兴隆了几十年，曾预测了约瑟芬将成为法国皇后，尔后再遭遗弃，还有20世纪的"太阳女士"热尔梅娜·索莱伊，成名于上世纪50年代，70年代开始在欧洲电台、电视台把持星相节目20多年，直到1996年83岁去世。

在法国名人之中笃信占星术的也是大有人在，上至总统下至平民，各行各业都有极度的推崇者，服装大师Christian Dior从小就迷恋占星，香颂名伶Francoise Hardy十八岁就开始研究这门学问，此后到老一直把音乐和占星术作为其两大"存在的理由"，而上届世界杯足球赛之前法国电视一台《Le Droit desavoir（了解真相的权利）》节目还在一期《占卜和星相学：对权力幕后无理性思维的调查》的节目上披露法国队主帅多梅内克完全是依靠星座选择球员，而非场上表现，可见其对星相学的

占星书店内

狂热。

　　若是走进巴黎的大小书店里，几乎每家也总有一两本上架的占星算命的书刊，销量还可能比很多戴上龚古尔文学奖红腰带的年度获奖小说都要畅销，而在巴黎六区的老百货公司Bon Marche的附近还有一家专门出售此类书籍的专门书店Inconnu。在这家占星书店内各种与星相相关的物件和书籍一应俱全，无论是炼金术、占星、塔罗、凯尔特等神秘学实践者需要的书籍，还是五芒星、水晶球、塔罗牌等各种工具都非常齐备。店内气氛也十分的静谧，若是有机会在这里花上一个下午随便了解一下这方面的知识，也许你还可以对自己的命运有点新的发现。

　　在这样的国度里，有时甚至觉得每日的天气预报或许可以不看，但是每日星座却是必须要了解的，仿佛如同一张无形的网，不知不觉中我们都有点儿跟着占星术生活，有时想想我们这样愿意相信占星术与自己的性格、命运密切相关，或许也不是件坏事情，至少我们还热爱着自己，并且对未来还有所期待，一如已故的美国天文学教授乔治·阿尔贝所说："一个确定无误的原因，就是占星术能说出与每个人有关的事情，而我们当然不会不关心自己。"更何况，即便我们只是把占星视作一个生活的调味品，它入口的感觉起码也不算是太糟糕，至少还不至于影响到我们的身体健康。　🖊A

从星座聆听血型

文＿大仙

星座蒙人吗？也蒙也不蒙；血型准确吗？也准也不准。事关星座，亦分血型，如今聚会中，吃着吃着饭，喝着喝着酒，突然一阵子无聊，大家开始聊星座，侃血型，先天之宿命，后天瞎讨论。尤其是浩渺虚空中的十二星座，已成新晋青年的座右铭，一些优雅闲适的女士，逐渐把自己往星宿专家的准星上靠，可她们再怎么有驾驭星座的能力，对天罡36地煞72组成的梁山好汉，估计一个也分析不出来。

1980年11月，为支援老山前线自卫反击战的人民子弟兵，我所在的单位号召年轻人献血，我毫不犹豫就献了。献血前先验血，我当时不懂，就问医生：验血干吗？直接献不得了，快献完我还回家歇着呢。医生说：要验，得先知道你什么血型。我说：我知道我什么血型，就是革命热血这种血型，革命的热血还要分血型吗？我爸是革命军人，我血管里流淌着他的革命血液。医生说：你真逗，血型跟革命没关系。我说：有关系，为什么战旗美如画，英雄的鲜血染红了她，这是《英雄儿女》

176

里唱的。

我当时真不知道血型会分四种，就知道有O型，甚至判断可能还有C型，这一验，才知道自己是AB。心里直嘀咕，干嘛是AB呢，AB多复杂？后来看日本电视剧《血疑》，山口百惠扮演的主人公幸子，其血型是极为稀缺的RH阴性AB型，我认为自己可能是RH阳性AB型，貌似血液的性价比比较高，以后再也不献血了。

我大概是在1990年关注星座的，一下就特别着迷，1991年《北京青年报》的体育版连载我的《十二星座与球星》，我应该是最早将星座学说引入内地媒体的，并用星座概念来解读马拉多纳率领阿根廷队夺得1986年世界杯——天蝎座的阿根廷大师马拉多纳像一只精湛的蝎子盘踞在对手禁区中央，而左右两翼两员副将巴尔达诺和布鲁查加都是天平座，犹如两只华丽的天平拱卫着马拉多纳这位天蝎大帝，天蝎的统治力与双天平的平衡性完美地将阿根廷人推至世界足球峰巅。我用星座解读球星的文章一出，引起不小的争议，一些唯物论和辩证法学得太好的读者，纷纷写信或打电话给报社，说我公然在共青团的报纸上宣扬封建迷信，迫于压力，报社赶紧阻止我再写后续的《十二星座与影星》。我当时特别纳闷，寻思着那以后我不迷信了，宣扬萨特的无神论存在主义总行了吧，也不行，又说我没信仰。

一度，我对血型也兴趣浓烈，因为鲜血比较致命，拥有鲜血的人类复杂艰深。我是AB，尽量避开AB女性，像我这样AB血的臭毛病比较多，再找一个女人也这样，整个人生全都是病了。那天带着我家兔子去验血，它竟然也是AB，我说它怎么这么怪呢？

在MSN上，我经常跟女人讨论血型，经常去猜她们的血型，命中率一度能达到七成。很多被猜中的女人惊讶地问：你连见都没见过我，就知道我是什么血？我说：其实就是四选一，排除法，不过我有时能听出你的血型，血液一经流淌，便奔向四个方向，看你血管紧绷的样子，就是固执的A。女人更惊讶：你连我血管紧绷都知道？我说：当然，我是"鲜血之魔"，已进入你心的流血的港湾。

最早看自己的天蝎之名时，赫然看到一首给天蝎座定位的酸诗——狂野奔流的弱水，无后顾的爱情，浓烈，翘起蝎尾的挑衅，深藏不露。蛋白石，因周遭的紧张而神秘缤纷，心——易碎、敏感，意——贵在挽回。好酸嘛，难道我们桀骜不驯的天蝎如此之酸吗？买糕的！

所以，我一直认为星座是小资的大本营；那血型呢？血型是文青的补血剂吧，也许。星座与血型的关联、二者之间产生气质与性格的暗合与衔接，似乎能给都市青年带来一种唯心的冲动和形而上的快感。血液流向星辰，星辰照亮血液，血与星之间，有一阵命运的回声。所以我要说——在星座中聆听血型，星子的荡漾中发出血滴的颤音，闪亮、鲜红，一片烂漫。在星座的集结中我去听血，听出女人的血，夕光中传来女人幽远的气息，她们轻盈的血质，正悠扬地漂移……

但是，星座与血型也可对人生带来宿命的遥控、狭隘的锁定，必须要在这两者之中学会灵活转身、巧妙腾挪，否则，在星座中没谱，在血型中拧巴的状态，就会时常伴随你，星座与血型的反作用力，就会老来抽打你。 ♪A

情况 两个双子

文＿默音

桅子花再开的时候，肖珏和林可相识就满十年了。

十年前那个夏天的傍晚，刚进大学不久的林可在艺术学院的排练房里第一次看到肖珏。长发穿红衣的女孩，坐在架子鼓后面打出强烈快速的节拍，头发随着鼓点飞扬开来。林可坐在地上画了那个女孩的一幅速写，在乐队排练的间隙递了过去。女孩认真看毕，对她灿烂地一笑。

画得真好。你是美术系的？她问林可。林可告诉她自己是英文系的。女孩又笑，笑容相当灿烂动人。

我是计算机系的。我叫肖珏。

那是她们的相识。同样是不愿意天性被束缚的人，同样选择了现实热门的专业，同样是双子座A型血。若干年后，她们在流行的星座书上看到，双子座A型血是最为矛盾的个体，爱好自由又保守慎重。

这句话居然还算准确。适用于她们的事业，爱情，以及其它。

她们后来便常在一起消磨时间了。肖珏的野性和林可的娴静是奇妙的组合，在每场大学舞会上吸引众人的目光。没有课的午后，她们会一起骑车去某条僻静的街道转角心仪的店铺，或是在夜里一起坐在学校的河岸边絮絮地聊天。肖珏的乐队演出时林可总在后排观看，林可去美术馆时身旁必然站着肖珏。

大二下半学期的时候林可找了一份教中文的家教。她的学生是一个名叫David的四十余岁的英国人，职业是服装设计师。上课之前他会准备好红茶和甜点，然后总是赞叹林可的服装品味。林你是我见过最优雅的东方女子，他说。

英式下午茶和聊天构成的家教课程持续了差不多半年，有一天，林可像往常一样带回装在牛皮纸信封里的薪水，却发现里面还有一个小小的白色信封。她打开以后发现里面是一枚简单的戒指，白金的环，附着简短的中文信——

请允许我说爱你。

林可看了信后做的第一件事是去找肖珏。肖珏从架子鼓后面抬起脸来看她，就像她们第一次见面时那样，不同的是脸上全无笑意。

你爱他吗？肖珏在喧闹的音乐中对着林可大喊，这是你自己的人生，不要让我来帮你决定好不好？

后来这件事以林可礼貌地退还那个戒指而告终。她说我们可以继续中文课程吗，英国人不动声色地点头。下课后她走出公寓大厅时，看见穿着红衣服的女孩趴在自行车上等她。

我怕那人对你无礼。肖珏笑道。林可的心里突然一阵温暖。

林可的家教一直继续到她毕业。这其中当然包含了David的好意。林可父母离异，家境使得她不可能像肖珏那样任性。暑假的时候她们一起去到肖珏位于南方的家，她才发现自己和好友生活在截然不同的世界。肖家住在可以鸟瞰城市全景的半山腰，露台宽敞如同小庭院。肖珏的父母对林可十分周到，和自己的女儿却反倒生疏得几近客气。

夜里，她们躺在肖珏的床上聊天。肖珏说，你看到了，我其实一点也不幸福。

林可突然就觉得心酸，她轻声说，即便全世界都对你转过身去，我还在这里。

毕业以后肖珏被分配到电信系统，而林可没有接受学校分配的中学教师职务，她去了David的公司，做他的私人助理。肖珏对此很是不平，认为这当然是英国人把林可留在身边的伎俩，但是林可轻柔地坚决地说，冲着那份薪水和时装界的工作内容，她不会改变自己的决定。

她们开始一起学习课本以外的生存。肖珏的公司有宿舍，但她还是坚持和林可一起租住。因为这样比较自由，她说。

她们租住的房了离林可的公司比较近，肖珏每天都穿过大半个城市去上班，每到周末她都去乐队排练，有时候林可会到现场去看她在鼓架后面飞扬头发以及汗水，肖珏的鼓声是狂野却隐忍的，如双子的个性般矛盾迷离。

林可不像国企的肖珏般按时下班，加班是常有的事，她开始参与David的设计班子会议，提出的建议都很中肯别致。一次，David看到她包里随身携带的画册，画中红衣女郎坐在鼓架后青春飞扬。David说，林，你总是让我惊讶，你可以学做设计，你很有天分。

于是林可开始在夜校和David的指导下学习服装设计。她很少在家，回到家时往往是深夜，肖珏通常都还没有睡，看着一本书等她，桌上有已经变凉的饭菜。

这种时候林可总觉得鼻子微酸。她很早就失去了家的感觉，现在却在这个和自己一般大的女孩子身上找回。

肖珏虽然没有说，但想必也是同样的心情。

肖珏的乐队开始在酒吧演出周末场。林可去看过几次，始终不喜欢那样嘈杂的氛围，就不太去了。聚光灯下的肖珏习惯闭着眼睛打鼓，一曲终了睁开双眼时，她的眼睛在观众席中找到林可，两个女孩子相对微笑。

肖珏的灿烂笑容也引起了另一个人的注意。那就是酒吧的老板郑。他开始公开追求肖珏。大把的红玫瑰被送到肖珏的办公室，成为国企空闲状态太多的其它职员的茶后话题。

林可说，那个男人有着太精明的眼神。我不喜欢他。

总比英国人好。肖珏挑衅般回答。林可这时和David偶尔约会，公司上下都认为他们结婚只是时间问题。只有她自己知道，David虽然很好，却不是自己那杯茶。她没有恋爱的感觉，这份心事却无从诉说，因为她唯一可以诉说的对象肖珏现在很少回家也很少和她交谈。肖珏忙着每天的约会，对象个个不同。

　　她们生疏了。毕竟每个人都有自己的生活轨道，没有永远并行的可能。林可的安静背后其实隐藏着跃动，而肖珏宛如缺乏安全感的孩子，不断在一场场恋情中寻求依靠。对于对方的恋人，她们在心里都挑剔着不满着，其实这源自对自己女伴的骄傲，觉得没有人能够配得上这个和自己熟识多年的女子。

　　毕业后第三年，林可又一次收到David送的戒指。这次仍是装在白色信封里，附着的字条上写着——你愿意嫁给我吗?

　　林可带着戒指到酒吧去找肖珏。她在狂热尖叫的人群中找到肖珏在强光下黑沉沉的眼睛，肖珏没看到她，对着人群中某个人灿烂无匹地一笑。她顺着肖珏的目光看过去，看到一个陌生的英俊男人。

　　林可离开了喧闹的酒吧。她想起肖珏在某个相似的夜晚对她吼过来的话，这是你自己的人生。她知道这句话背后的不是冷漠而是更深的关注。因为确实没有人能为你做出决定。

　　她再次拒绝了David。三个月后，David离开中国回欧洲总部任职，林可接替他的设计监督一职。

　　那年冬天，肖珏离开原来的国企，进入一家国际知名的软件公司任职。她变得异常忙碌，甚至不再有时间去酒吧演出。公司离家很远，又过了一段时间，肖珏搬到公司提供的宿舍去住。她只带了一些随身衣物就搬了出去，两个人住了三年多的房子里面有太多共同堆积的琐碎物件，肖珏说都留在那里免得林可生活不便。

工作结束后回到家的夜晚，林可看到屋子角落里肖珏心爱的小摆设，总觉得有淡淡的寂寥。她们都在公司里独当一面，忙碌之余的联系只是互通电话，电话里肖珏有时问起David，林可说那个人会有mail过来，但是已经没有太多私人感情在里面。林可没有问肖珏的感情是否有了归宿，她知道肖珏的男友更新得比软件还快。

林可二十七岁生日那天公司同事为她订了蛋糕庆祝。午休的时候她收到一个快递包裹，里面是一张CD光盘。林可放进电脑里看到里面的内容是音乐文件，她戴上耳机，激烈的鼓点顿时淹没了她的思维。林可闭目微笑，恍然看见肖珏从鼓架后抬起头，对着自己灿然一笑。

几天后，林可到肖珏家为她庆祝二十七岁生日。肖珏新买的房子是市中心的高层，阳台有很好的视野。她对林可说你也可以买房了，林可回答，住惯了一个地方就懒得动弹。她仍然住在当年她们一起租住的地方。

林可送的礼物是她设计的晚装，惊心动魄的红色。肖珏穿上那件夺目的衣服在客厅里旋转，笑道，老了，不配这样的衣服了，再说我现在也不去演出了。

那天她们喝了许多红酒。半醉的肖珏开始哭泣，说她爱的男人离开了她。林可扶过肖珏的肩默默为她擦去泪水，林可说，你还记得吗，我说过，即使全世界都对你转过身去，我还在这里。

如许经年。

林可和肖珏都进入了二十年代的尾声。她们依旧单身，虽然在各自的身边都有优秀的追求者徘徊。

某个周末的午后，肖珏陪林可去博物馆看送来中国展出的莫奈的画。下午的阳光很好，她们看完展览走在白鸽群集的草坪旁，周围是她们熟悉的这个城市的景色。

当初你为什么拒绝David的求婚？肖珏问。
因为那不是我想要的。林可回答。
那么什么是你想要的？
不清楚。也许，在潜意识里，我一直期待着燃烧一般的爱情吧。
像我那样？肖珏笑道。
对，像你那样。

可是，你知道吗，我一直想的，却是和你一样，能得到固执长久的爱情。

林可微笑起来。她们都是双子，都在内心里渴望着自己所没有的东西。如今她们都拥有事业，拥有这样一个长久的朋友，不管怎么说，这样已经很好。想象中的爱情，也许会在某个将来实现，也许永远只存在想象之中。未来始终是未知。

但是能够有个人一起走过十年。林可想，自己是何其幸福。她看着肖珏愉快的侧脸，知道她也一定作如是想。🐦A

谈星说爱 狮子女的爱恨情仇

文__MISS 南

如果女人也是一种酸奶，那么狮子女就是原味奶。

如果女人也是一种薯片，那么狮子女就是原味薯片。

如果女人是肯德基，那么狮子女就是原味鸡块。

狮子女是原味的一切，狮子女的爱情是雌性动物的动物本性。所有别的星座女性，她们后来变成了香蕉味，变成了草莓味，变成了麻辣、烧烤、甚至蒜味，但是这都是后来的事情。骨子里，每个女人都有狮子女的原味爱情，但是谁也没有狮子女那么坚持地把原味进行到底。

雌性动物的原味，也就是女人的原味是什么？是爱上强壮的雄性。我们小时候，忠祥叔叔解说的动物世界里，总是有一些雌性动物在春天的晚上，在两只雄性动物的战斗后，跟着战胜的那只走了。

但是人类的强壮，不在于肌肉。在与钱包，智慧和才华。你用花言巧语去欺骗狮子女是不现实的事情，你必须要有一个结实的钱包，或者一个机灵的头脑，或者有好几把才华的刷子。

我的女朋友狮子女一号、二号和三号用她们的故事，向我演绎了一段段女人的原味爱情。

狮子女一号：

她的理想是有钱男人。如果你骑自行车和她谈恋爱，但是送她LV，和开宝马和她谈恋爱，但是送她KITTY包，她会毫不犹豫选择后者。

她享受的是"有一个开宝马的男朋友"这样一个事实，即使这个男人的任何财产都和她没有任何关系。

后来，她有志者事竟成，她有了一个开宝马七系的男朋友。但是，七系哥哥说：我们吃好饭，还是AA好，这样我会觉得你没有依赖我。

就这样，狮子女一号咬牙和七系哥哥去高级餐厅，慢慢花光了她可怜的几千一个月的积蓄。这时候有一个结实的本田哥哥爱上了她，对她说：嫁给我，我不但不要你AA，还每个月给你家用。

但是狮子女一号一坐上本田就心酸了，她说她想念七系哥哥的笑，想念他的巴利袜子，和他车上皮革的味道。

狮子女一号在我们的骂声中选择回去闻皮革味道。她说每次她从七系里走出来的时候，路人都用羡慕的眼光看着她，这种眼光可以治疗她的伤疤。

我们说：靠！哪里有那么无聊的路人哦。

但是狮子女一号坚持说有。好吧，谢谢你，路人。

狮子女二号：

狮子女二号和一号的爱好不一样，她喜欢有才华的男人。

她第一个男朋友是画家。青梅竹马那种。那家伙一头长发飘柔了以后就开始画画，画的都是裸体女人，丰胸盛臀，看上去都营养好极了。

他不喜欢我们的狮子女二号，他觉得她平平高高没味道。狮子女二号为了他努力增肥，但是还是长不出他画上那种一只乳房可以跨越半张画纸的水平。

后来飘柔就劈腿了。狮子女二号擦干眼泪陪他睡，但是委屈求全比不过胸脯十两，再后来飘柔就走了。狮子女二号诅咒发誓说，我一定要找一个更有才华的！

皇天不负有心人。狮子女二号的第二个男朋友是一个书法家。混艺术圈的都知道，这书法家要比画家牛B多了。特别是这位书法家当书法家已经当了三十几年了，算上他喝奶两年，上幼儿园三年，义务教育九年，高中三年，大学四年，踏入社会十年，实在是一位很成熟的书法家了。

但是狮子女二号不在乎。她在乎的是那些和她差不多大的，或者比她还大的人每天毕恭毕敬地对她叫"师母"。

师母说做师母就是不一样。做了师母以后，以前那个抛弃她的飘柔画家后悔极了，他说胸虽然重要，但是人的内涵更重要啊。

我们一致认为内涵这句话是狮子女二号自己编出来的，我们觉得以飘柔画家的内涵是说不出内涵这句话的。

狮子女三号：

狮子女三号说她从小就喜欢看蓝精灵。后来她长大了，就找了一个活泼可爱，聪明灵敏，生活在那自由自在的大森林的男孩子。

当然，大森林这句是我编的。但是活泼可爱，聪明灵敏是真的。

他们都是航空公司的同事。别的同事都在老老实实工作，但是狮子女三号的男朋友就可以从普通的工作中，发展出不少空间。

比方说帮人家搞便宜票，可以赚外快。帮人升舱，可以赚外快。活泼可爱聪明灵敏的他虽然其貌不扬，但是他的外快比谁都多。

狮子女三号就这样爱上了他，她觉得他在赚外快的时候，好MAN，好有型。

后来他们结婚了，他们结婚以后，狮子女三号换了工作，新工作是一家酒店，酒店里新的一位外快小神仙冉冉升起，他用一次小费可以拿到三百美金的记录让狮子女三号迷恋不已。

狮子女三号对我们说，她很痛苦。她喜欢聪明的男人，她在这两个聪明的男人里矛盾不已。

以上三个狮子女的故事，很好向我们演绎了一个女人，对"现代版强壮"的雄性动物的感情。这种感情是女人的原味感情。可惜很多别的星座，在后来进化的过程中，把这种原味变异了。所以才有了喜欢小白脸的白羊座，同情弱者的巨蟹座，顺我者昌逆我者亡的金牛座，不知道喜欢谁的双鱼座，搞定男人只为自己上位的射手座等等等等。

我还是喜欢狮子女，所以我把她们放在我这个专栏的第一篇。我觉得我们雌性动物的幸福就是应该坚持自己的原味，爱上强壮的雄性。是谁在进化的过程中让我们转变了呢？

不过还好，我们还有狮子女，有她们的一味坚持。她们推荐了天后王菲作代表，对人间那些不纯正的爱情宣战。爱情是什么？爱情就是爱上强壮雄性，从而可以不介意AA制，不介意年龄，不介意地位，不介意被背叛，不介意爱上更强壮。

让我们崇拜狮子女，等于崇拜我们消失的本能和越来越稀薄的爱情。🐾A

征稿啦~~~

如果你文笔优美，擅长写散文随笔，擅长观察生活，喜欢抒发感想，那么快来加入我们的『琐碎』专栏！这是一个用优美文字拼凑的板块。让生活中的点滴感悟，流淌成文字，感动你我他。

191

你爱旅行吗？爱穿梭于各个城市之间吗？喜欢用文字记录下旅途中的遭遇吗？也许只是迷人的风景，也是只是一些简单的照片，但是却可以传达出风景带给我们的美好遐想。欢迎来到我们的『行走』专栏，做一名旅途的记录者。

闲来无事喜欢啰嗦几句吗？细微的小事，暖暖的心情，随手记下的感想，都是生活中最写意的部分。『自言自语』将是你倾吐心声的最好选择。

音乐、影视、图书，似乎充斥着我们日常生活的每一个角落。想说说你最喜欢的歌曲或乐队吗？想谈谈你最喜欢的电影和图书吗？『感官功能』是一个最佳的交流平台，在这里你可以向我们介绍你喜欢的一切。

你喜欢讲故事吗？我们身边一些动人的感情故事，你会用笔将它们记录下来吗？这些短篇的小故事可以讲述友情、亲情、爱情；也可以讲述职场争斗、商场的钩心斗角……你可以将它记录下来，在『我们的故事』板块里讲给大家听。

如果你喜欢星座，如果你对星座故事有研究，欢迎投稿到『星座』。这里可以讲述不同星座的人发生的故事，也可以向读者介绍一些星座知识。让大家对这个神秘的领域有更加深刻的了解。

欢迎加入我们的"花蕾家族"做一朵慢慢绽放的花蕾。对于您的来搞我们会尽快回复，稿酬从优。请务必在邮件的"主题"一栏注明：《蕾》投稿，并标明所投递稿件的所属板块。如不填写清楚，也许会有石沉大海的可能哦！期待你的加入！

投稿邮箱：
culturer@vip.sina.com